あおまゆしょう

青眉抄

〔日〕上村松园——著

贝青 译

中国出版集团 现代出版社

《庭之雪》（1948 年，山种美术馆藏）

目 录
もくろく

《操纵人偶的人》（1910 年，松伯美术馆藏）

《舞仕度》（1914 年，京都国立近代美术馆藏）

《花筐》（1915 年，松伯美术馆藏）

《春秋（左）》（1930 年，名都美术馆藏）

《春秋（右）》（1930 年，名都美术馆藏）

《序之舞》（1936 年，东京艺术大学藏）

《春宵》（1936 年，松冈美术馆藏）

《秋之妆》（1936 年，西宫市大谷纪念美术馆藏）

《草纸洗小町》（1937 年，东京艺术大学藏）

《雪月花》（1937 年，宫内厅三之丸尚藏馆藏）

《萤》（1943 年，大川美术馆藏）

《初夏的傍晚》（1949 年，松伯美术馆藏）

序

上村淳之[1]

这一次出版的上村松园随笔全集《青眉抄》包括由松园口述整理而成的《青眉抄》，及其续篇《青眉抄拾遗》。松园去世已有六十多年，而今依然有这么多人喜爱松园的艺术，我为此再一次感到惊喜与欣慰。

第二次世界大战末期，京都或许也有遭遇空袭的危险，松园不情愿离去，但还是被硬生生地疏散到了我的父亲松篁建造画室的所在地——奈良市的郊外，神功皇后陵北侧的丘陵地带。那是一栋独户院落，距离邻居有十五分钟的步行路程，但松园却说"安静就挺好的"，战后就再也没回到京都。

我原本很喜欢画室，在休息的日子就往那儿跑，在前庭种些四

①上村淳之（1933—　）生于奈良的绘画世家，与父亲上村松篁同为日本著名的花鸟画家，祖母上村松园在日本画坛有着举足轻重的地位。

季的花草，探望与女佣、学仆一起生活的松园。

我从池塘里捕到过食用蛙，让人用蛙肉代替鸡肉，熬制出高汤。"肉质柔软，很鲜美。"松园吃得很开心，又问："这是什么肉？"我回答道："是蛙呀。"松园一听便急了："你啊，这是让我吃的什么？""可是，你刚才不是还说好吃嘛。"我与松园就这样你一言我一语地说了起来。回忆起这些快乐的往事真是无穷无尽。

现在，我有时会陷入幻觉，总觉得梅林里还有松园正在写生的身影。

她养了一只杂交的看门狗，狗一次又一次地产崽，多的时候家里得有十只狗。大概是同母异父的关系吧，这些杂交小狗的身形和大小都不一致。如果全养在一个地方，它们就会吵架，所以学仆把喂食点分开了。有时候，野生的狐狸还跑过来与小狗们一起和和气气地吃食，松园就把那情景画下来准备送给友人，她还开心地给我看过这画信。

在松园五十周年忌的席上，我感慨了一句："我不能给父亲办五十周年忌啊——"我的父亲松篁便问道："为什么？""最快也要等到您一百二十岁的时候了。"听了我的话，父亲训斥道："你那时也该老了吧！"

不太考虑自己的年纪，或许是一心一意追求创作的作者的特点吧。

父亲松篁也随松园而去，两人大概会这么对话吧："让您久等了啊——其实，淳之也去画画哦。""是啊是啊，这可真了不得呢——"大家便哈哈大笑起来。

母亲曾坚决反对我走绘画这条路，大概也是在侍奉祖母松园和支持父亲工作的时候，目睹了创作者日常精进的艰辛吧。

青眉抄

あおまゆしょう

眉之记

眉清目秀，青眉如黛的年轻一辈，柳眉倒竖，颦蹙蛾眉，舒展愁眉……

古人把眼睛比作心灵的窗口，同时又将眉毛看作情感的警报旗帜。自古以来便流传着种种关于眉的说法。

虽然人们常说眼睛像嘴巴一样会说话……但实际上与眼睛、嘴巴相比，眉毛更能如实地表达人的内心的情感。

一个人在高兴的时候，眉梢就会带上欢喜之色，像更春的花朵那般美丽绽放；悲伤的时候，眉身则会浮现忧郁之色，眉心深深锁。

人们不能从紧闭的双目中看到眼神，也不能从紧闭的嘴巴中听到任何话语。但是，一个人在合目噤口的时候，他的眉毛却能表达出或苦痛或欣喜的心理活动。

有一次我去探望一个病人，他被打了麻醉剂，刚做完手术出来。只见他闭着眼睛躺在病榻上，随着麻醉的药效逐渐退去，他的双眉便像痉挛一样扭曲起来。很明显，他是在忍受着手术后袭来的疼痛。坦率地讲，较之嘴巴和眼睛，眉毛更能表现当事人的心境，眉毛就是最佳的心灵之窗。

那个时候，我就想起了泉镜花的小说《外科室》的情节。

贵妇人常年思慕着一位知名的年轻医生，她在不打麻醉剂的情况下，执意要这位医生给她做手术。在手术过程中，她强忍着肉体的痛苦，佯装若无其事的样子，可唯有那对秀美的眉黛恐怕在诉说着千言万语。那美丽的眉毛展现出了生命难以承受之痛。

画美人画，最难画的就是美人的青黛。

画完嘴形、鼻子和眼睛，接下来就该画眉毛了，倘若在这时稍有闪失，整幅画的神韵便难以想象。

如果眉毛画得前高后低，女子就显得轻佻；如果在收笔时上挑眉梢，就画成了武士的剑眉，好不容易绘制的美人图便前功尽弃。

眉毛不能画得太细，也不能画得像毛毛虫那么粗。我屡屡体会到，一支笔所牵引出的粗细线条就能影响整张脸。

所以，画眉毛时最花心思的地方之一就在收笔上。

女性的眉毛也和发型、腰带一样，能彰显出阶级地位的高低。

王朝时代，眉毛充分表现王朝时代的阶级划分。描眉、修眉的方法不仅显露每位女子的身份，也能塑造出一双双优雅端庄的眉毛。上臈女房①——御匣殿②、尚侍③、二位三位的典侍④、允许穿禁色的大臣的女儿或孙女——的眉毛，肯定与官位低下的妇人的不同。

从前只消根据眉毛便能判断女子的出身，这一点也可以说是日本女性的优点。当然判断依据除了眉毛，还有发式、腰带等其他服饰搭配……

其实，现在也可以通过眉毛来推测一个女子大体是个怎样的人。

但遗憾的是，大多数女性都缺乏古代女性那种日式的审美观念。

现在的年轻女孩在出阁之前，好不容易剃掉了从父母那里继承的宝贵眉毛，暂时形成了青眉，却要在青眉上描出细细的抛物线。这样的眉线看起来就像两片芒草叶，一点都不美。

看到有人把眉线画到发际附近，我不禁担忧起来，这抛物线是要延伸到哪里去呢。我甚至对她的国籍暗暗起疑。这种眉毛必定会打破五官的平衡，可往脸上画出这种眉毛的女子，究竟对自己的脸抱有怎样的想法呢。我从这样的眉毛中感觉不到纤毫的美感。

肯定是体会不到的，因为一味地模仿美国女明星，这种西式眉毛当然一点都不适合日本女性。

---

①身份高贵的女官。上臈，江户幕府时代将军府等上房仕女的最高位；女房，日本古代在宫中侍奉并被赐予房屋住的女官的总称。
②御匣殿别当的简称，日本平安时代中期到院政期，后宫女官官名，主要负责给天皇缝制衣服。
③日本平安时代后宫中最高的的女官。
④日本古代宫廷女官名称，是宫中内侍司的次官，在内侍司中地位仅次于尚侍。二位三位是等级名称。

美丽的新月般的清秀眉毛给人带来美的享受，让人欣喜。而剃掉秀美独特的眉毛后，青须须的青眉也能让人感受到那股令人窒息的魅力。

所谓青眉，就是指女人出嫁、生完孩子后将眉毛剃掉后的眉楂儿。

这又为女子增添了一种不同于秀美眉毛的风情。

结婚生子，女人方才有青眉。我实在想将这青眉称为：独具日本色彩的端庄圣洁之眉。

不知从何时起，剃剔青眉的风习渐渐消逝了。现在，虽然还能经常在祗园等地方看到内掌柜的青眉，但是年轻人却少有留青眉的。再加上普通人不能发现青眉的美。

生儿育女、成为母亲的人才有资格剃青眉——换句话说，青眉应该叫作"母亲之眉"，真是寓意吉祥的眉毛。

每每见到那些年芳十八九便出阁，在二十几岁的花样年华里当上母亲，而后剃青眉的夫人，我便能从眉宇间感受到她们的娇艳之美。

刚刚剃完的青眉，就像黑夜里恰好落在蚊帐上的萤火虫，闪烁出青亮亮的光泽，让人好想拥抱在怀中。

另外，剃了青眉后，女子会顷刻出落得文静贤淑。这其实也有当上母亲的缘故……

每次想到青眉，我就会忆起母亲的眉毛。

我的母亲比一般人的眉毛浓黑茂盛。她几乎每天都用剃眉刀修整眉毛，无论什么时候她的眉毛都不失光泽，总是青亮亮的。就算我现在闭上双眼，眼皮内侧还能浮现出某天母亲正在认真修整眉毛的身影。

　　大概在记忆最深刻的孩提时代，我每天看着母亲的青眉长大，所以我长大后每当下笔描画妇人的青眉，都会把记忆中母亲的青眉重新落到纸上。

　　可以说在我至今为止画的画中，剃着青眉的女子的眉毛全部是母亲的青眉。我将自己美好的梦想都寄托在了青眉上。

发髻

从小时候起，我就用邻家小伙伴的头发盘出我早已设想好的发式，玩得可开心了。慢慢长大后，我也越来越对女士发髻产生了浓厚的兴趣。

我画的画十有八九是美人画，如此看来，我或许跟女士发髻有着不解之缘——我觉得发髻需要投入研究与调查，它就像是一条与绘画的辛劳并行的平行线。

过了二十岁，我总是随随便便地用梳子卷起头发。自己从不好好打理头发，反而拼命研究别人的发髻——想来，我的做法还是挺奇怪的。

然而发髻与绘画工作密不可分，所以需要时不时地调查研究一番，我把众多发型都铭刻进脑袋里，排兵布阵。从记忆中逐一抽取出各式发髻，铺展在眼前，或许对现在的绘画有所帮助……

每个时代的发髻名称也大不相同。从明治①初期到末期，就有

①日本明治天皇在位期间使用的年号，指公元 1868—1912 年间。

相当多的发髻种类，再加上关东和关西地区的叫法不一样，发髻名就真的是数不胜数了。

结棉、割唐子、夫妇髻、唐人髻、蝴蝶髻、文金岛田、岛田崩、投岛田、奴岛田、天神福来雀、御盥、银杏卷、长船、少女髻、兵库、胜山丸髻、三轮、艺伎结、茶筅、达摩卷、虾蛄、切发、艺子髻、鬘下、久米三髻、新桥形丸髻。

上述都来自关东——其实主要是东京地区的发髻。而说到关西，此地任何一种发髻都有一个极具关西地方特色的名字。

不过就算是关西地区，京都和大阪的叫法也存在着差异。

大阪有大阪风格，京都有京都风韵。我们能从中洞见每个都市的好恶差别，非常有意思。

达摩卷、虾蛄结、世带少女、三叶蝶、新蝶大形鹿子、新蝶流形、新蝶平形、焦心结、三髻、束鸭脚、梳卷、鹿子、娘岛田、町方丸髻、赔蝶流形、赔蝶丸形、竹之节。

这些都是大阪人才能起的发髻名。"焦心结""世带少女"等，怎么看都像是每天在都市中过得急急忙忙，又重视家庭的人起出来的名字。没见过这些也没关系，只要一听名字，眼前就能浮现出发髻的模样了。

在京都，发髻名又充盈着京都式的情愫，让人着实欣慰。

丸髻、溃岛田、先笋、胜山、两手、蝴蝶、三轮、吹髻、挂下、切天神、割忍、割鹿子、唐团扇、结棉、鹿子天神、四目崩、松叶蝴蝶、秋沙、裂桃式顶髻、立兵库、横兵库。另外还有鸳鸯髻（分雄雌），各式发髻好不热闹，单单是记下这些名字就要下一番苦心。

此外，还派生出了以下的发式。它们不是某地独有的，而是在各个城市都十分流行。

立花崩、反银杏、芝雀、夕颜、皿轮、横贝、鹿伏、阿弥陀、两轮崩、笨蛋、天保山、居飞系、浦岛、猫耳、涩农、総兵库、后胜山、大吉、捻子梅、手鞠、数寄屋、思付、咚咚、锦祥女、什锦、引倒、稻本髻、疣耄卷、杉梅、杉蝶……

人们竟然为发髻起了这么多名字。

古代女子长发垂髻。随着国内文化之风盛行，人们越来越细心打理头发，于是盘发的方法便应运而生了。

以前不论是谁都要将长长的发丝垂于脑后，但女劳动者发现冗长散乱的慵懒头发是个拖累。她们就把整束头发扎到后脖颈，这下就方便劳动了。女人都爱美，所以她们又开始在绑扎头发的花样上开动脑筋——或许，就是从这里翻开了盘发发展史的第一页。

女子在垂发时代都留着一头长长的秀发，打理起来很是简单。即便梳妆打扮也很少侍弄头发，任由万缕青丝自然健康地生长。

现代女子都不养长发，这是因为她们要做各种发型，将头发盘向那边又扭卷到这边，经过这一番拾掇，头发哪里会变长，反而变得更短了。

我这个老古董发表的言论，恐怕会让专门烫头发的年轻人见笑吧……

总之，从前的人都蓄长发。大多数人站起身来，头发就倾泻而下，垂坠到榻榻米上的发梢有四五寸长。

在《宇治大纳言物语》中，上东门院的头发比自己的身高还长二尺，虽然不清楚她的身高几何，但从拖在地上的二尺头发也能推想出她有一头悠长的黑发。

因"安珍清姬"而闻名遐迩的绘卷《道成寺的缘起》中，我记得好像有一只麻雀的口中衔着一根头发——就算对各类文献将信将疑，也能确定古代女子的头发很长。

往古（现今虽也如此），女子的刘海长长了，就得沿着额头剪齐。

人们管这种发型叫"目刺"，但为什么要给刘海起一个像鱼干儿似的名字……据某位专家称，因为前额垂下来的头发会刺进眼里，所以就起了这个名字——这算是一种比较可信的说法吧。

女孩大概在十岁前留这种目刺刘海，一过了十岁，大人就将女孩儿前额渐次蓄长的头发往后梳，再剪齐。

如果前面的头发再长一些，就可以改成振分发①，将头发梳向后面，在耳朵两侧用布带系住头发，保持整洁。

如果振分发再长长一些，就要用布或麻绳在后背上扎出一束垂发。扎头的方法也花样繁多，不过一般只在身后系一个发绳。

另外也有将头发分成两股辫，垂于身前或身后的。这种叫双股垂发。

夜晚女子就寝的时候，长发要束在枕边，一头凉飕飕、青黑的头发便不会碰触到脖颈，搅扰人睡觉的心情。

---

①左右分开垂肩的儿童发型。

近来，女性的发髻也有了明显的变化，不再像以前那样根据一个人的发型就能判断出她是夫人还是小姐了。

现在女性非常不喜欢被人识别出身份来，有的更是在新婚宴尔阶段，也不想把头发装饰成新娘的样子。

夫人模样的人看起来像未婚女子，而未婚女子模样的人也有夫人般稳重成熟的一面……这就是我们现在的新媳妇。

历史上发生源平合战的时候，在加贺国的篠原，手塚太郎就这么评价实盛：乍一看像侍大将却形同杂兵，看着像杂兵却是个身着锦缎武士礼服的诸侯——想到他不可思议地口出此言，我便苦笑起来。

从前的年轻女性渴望找到属于自己的人生伴侣，将婚姻视作重要的人生梦想，成为新娘后立刻改换发型。

那发髻的丝丝缕缕中都盘结着无言的喜悦，仿佛在向旁人炫耀"我是一位幸福的新娘"。可随着社会的发展，女人们哪儿还有余裕为此欢天喜地呢，反倒是努力掩盖起一切。

不论婚前还是婚后，她们都把头发烫得乱蓬蓬的，头上像顶了一个麻雀窝。现代人的发型可不"简单"，需要各种小工具才能烫出鬈发。难得天生丽质，拥有一头乌黑浓密的秀发，却要特意下大功夫把它烫弯。像我这辈人，每周一次花上三十分钟就能盘出梳卷髻，接下来的一周里，每天早晨用短短五分钟把头发梳顺滑，就能完成梳妆打扮。相比起来，年轻人烫发的时间就白白浪费掉了。不知为何，我不太喜欢烫发。

不论烫发美人（虽然我从烫发上看不出美感）是怎样的绝代佳

人，都难以成为我笔下的美人画的素材。

究竟为什么不想画烫发美人呢？

难道是，这种发型里没有所谓的日本美吗？

如今，日本发式日渐匿影藏形了。

好在日本的传统发式历史悠久，其气息还弥留在年轻女性的思想中，每逢正月、节分、盂兰盆节等节日，看到盘着故乡发式或日本发式的女孩子，我心里就美滋滋的。

人人都会思念自己的故乡，每隔一年或三年就要回去看一看。同样，现在的年轻女子们也偶尔想回到那片由先祖盘结而成的日本发式的美丽故乡里吧。

我画女子画，特别是古代的美人画时，心中常常感慨：美好的日本发式就被人们遗忘在了历史的角落里。

车中有感

乘汽车外出旅行，最开心的事就是斜倚窗边，呆然地眺望着迎面扑来又转瞬即逝的风景。

形态各异的山峦起起伏伏，河川蜿蜒回折，这样的景致难得一见，看得我心里暖融融的。

刚刚路过一个山谷，忽然瞥见谷间悬挂着一架破旧的吊桥，血红的地锦似绯色的纽带缠绕其上，我便在那一瞬间抓住了图画的构图；恰好经过古战场遗址，乳白的标柱上写着某某战死之地，以及东军西军的激战之地，这些文字让我追思起勇士们的梦想轨迹。这样不经意的旅行中总是充满了无限的快乐。

坐上车，我立刻凭倚窗边，任思绪飘忽到外面的风景上——其实，我也是厌倦了车厢，不想沾染车里混乱的气氛。

汽车车厢便是一个人的人生缩影。在车里，社会百相徐徐展开。仔细观察乘客的一举一动，对描画人物像有参考价值，不过那些一看便知是丧失了公德心、没有礼数的乘客，我实在不愿多看一眼。因为看了心里难受，就习惯性地将双眸转向窗外。

窗外的风物不会让人感到悲伤，皆能抚慰人心、平和心境。

然而前年秋天，我在上京的途中，偶然在车里发现了一份犹如珍珠般美好的事物。无论在此前还是此后，我都没有在车上体味过这般美好——一位怀抱年幼孩童、穿着洋服的年轻妈妈、年轻妈妈的姊妹，以及那个年幼孩童的纯真身影。

从京都站出发不久后，汽车穿过逢坂隧道，旷渺的琵琶湖随即出现在眼前。我正眺望着窗外的风景，近旁传来细细低语，像是谁在对婴儿喃喃着什么。我不经意地回头，只见与我背对背的座位上坐着一位身着洋服的年轻貌美女子，她正抱着刚出生不久的可爱婴儿，口中呢喃有声。

我只看了那身影一眼，就情不自禁地小声"啊"了一声。那位母亲（二十二三岁）的精致美丽自不用说，就连与她相对而坐的妹妹都楚楚动人。

"竟然有如此美丽的姐妹花呀。"

我有些震惊。

姐妹二人都是洋装，自然也梳着西式发型。

最近年轻人流行用电器打理自己珍贵的头发，精心烫出像小麻雀窝一样的鬈发。在我看来，这种发型催生不出丝毫美的情绪，不过这对姐妹的发型虽是西洋式的，却散发出了惊人的日本之美……

就连对乱蓬蓬的烫发心生畏惧的我，也不敢相信西洋发式居然能打造出如此具有日本美的发型。我惊慌失措地瞪大了双眼，就像发现了新大陆一样。

这对姐妹的刘海也被稍稍烫过，呈旋涡状。后面的黑发顺滑地垂于脖间，发尾内扣蓬松。

这种新发型一定出自有心的美发师之手吧。姐姐也好妹妹也好，从侧面看，她们的脸都长得像天平时代①的上臈，有一种清秀淡雅的风趣。

她们肤色白皙、容貌姣好，让旁观者觉得就像在欣赏古代的雕像。

"西洋发型既然蕴含了如此深厚的日本美，就是高雅之物，所以我想画一画。"

想到这儿，我立刻拿出小小的速写本，悄悄地写生。

我在车里画着现代女性，心里却描画出了平安时代的女子的身姿。

世上无难事，只怕有心人——如果从本质上来思考这种日本美，蓬乱的烫发也能诞生出富有美感的发型。

曾经有段时间流行着这股风气：别管什么事，只要是新式欧美风格就是正确的……这其实是在称颂原封不动地照抄照搬的行为。但是，我从这对姐妹身上看到了新的未来。战后，日本女性从这场所谓"新式"的噩梦中醒来，终于意识到了日本美，即对我们而言

①文化史上的时代划分，以天平年间为中心，广义上包括整个奈良时代（710—794）。

是真正的美的东西，理发师和顾客一齐在女子发型上努力创造出新时代的日本美。暖人肺腑的喜悦之感油然而生。

坐在膝上的幼儿长相讨人喜爱，也能从他身上看到这位母亲的温柔娴淑。

画完姐妹两个后，我开始写生这个幼儿。

小孩子看着我，呵呵地笑了起来。

总觉得我与他之间有什么相通之处……在去往东京的途中，小孩一直是我最佳的写生对象，在这趟汽车旅行中我找到了前所未有的快乐。我沉浸在这股流行中，也没怎么欣赏窗外喜爱的风景……

在分别之际，我暗暗地为这个纯真的幼儿祈祷：

"请你日后一定要成为好孩子。你的妈妈和小姨都是从这片热土中成长起来的亭亭玉立的女士，所以你只要跟着她们迈出人生的每一步，就一定能出落成顶天立地的日本之子。"

时至今日，我依然难以忘怀那对姐妹的黑发和白皙的侧颜。

每当我想起天平的上臈，便会念起那两位女子；而当我想起那对姐妹，便会追忆生活在天平时代的女子。

九龙虫

有一次牙坏了，我去看医生。这个医生并不是多么健壮的人，可每天接诊很多患者，却看不出他有任何倦色。

"您有保持体力的秘诀吗？"我不禁问道。

"这里面可大有文章呢。"

说着，他给我看了一个小盒子。很多像臭虫似的虫儿在里面蠕动，发出沙沙声。

医生解释道，这叫九龙虫，是一种精力相当充沛的药虫。

他还赠了我二三十只，我便将它们放进桐木盒内，试着按照医生的嘱咐，买来米槠果、龙眼肉、栗子、胡萝卜等喂给它们吃。

大约过去两周，我偷偷往里面一瞧，发现已经有几只虫儿结蛹了。

又过了半个月，我再一看，顿时被眼前的景象震惊了，盒里爬动着的九龙虫密密麻麻的，已经多达几百只了。

"每次吃十只左右，效果会非常显著。"

即便医生这么叮嘱过，但我还是不敢生吞一只只活虫子，便任凭它们自由自在地成长。有一次身体太疲劳，感觉自己快吃不消了，就心下一横吃起了九龙虫。

那味道像是嘴里嚼着山椒籽儿，麻酥酥的。

服用完九龙虫，也没产生多么立竿见影的效果，但确实觉得不怎么乏力了。如此看来，吃药虫还是有用的。

这九龙虫被我越吃越多，呈几何级数增长。它们争先恐后地钻进饵食乱吃一通，大快朵颐后再产卵生子。

人类也能直接从虫儿吃的饵食中摄取营养。

虫儿净吃胡萝卜、米槠果、龙眼肉等奢侈的食物，自然能成为营养丰富的药材。

人类也一样，一个读书多且有修怀的人，一定是积累了良好的学识。

如果一位画家也注重培养情操，鉴赏各类画作、潜心研究画艺，那么他一定会有不凡的眼界。

无题抄

说起绘画以外的事情，我总觉得那些都是业余爱好，从没像模像样地投入心思。不论三味线①、长调②，还是最开始接触的谣曲③，我都没认真对待过。

然而最近我的想法发生了转变：不论是怎样的业余爱好，既然开始做了，就应该为它付出努力。

善歌者演唱曲子，连单个音调也能听出难以名状的妙趣，抑扬顿挫的曲调让人心悦诚服。我还深受鼓舞，跃跃欲试起来：哪怕有困难，我也要试一试。

想一想这份深受鼓舞的心境，虽然形式不同，但它却与我用在绘画的努力心境有异曲同工之处。

①日本传统乐器，与源自中国的三弦相近。
②作为歌舞伎舞蹈伴奏音乐在江户时代发展起来的三味线音乐。
③日本古典歌舞剧能的台本，或简称"谣"。

学了谣曲，我才开始认识到，它对绘画也起到了一些间接的帮助作用。

从前以为业余爱好就只是业余爱好，学得不精也无所谓嘛，所以从没为学它们下过苦功夫。不过近来我有了完全相反的想法，"学不好业余爱好，就不可能娴熟地掌握本职技能"。

细细想来，才华出众的人也擅长业余爱好。

说起这个，我就想起了九条武子夫人。

九条武子夫人，画号松契。她来过我家，我也曾登门拜访跟她学绘技。

武子夫人仪态优雅、落落大方，身材高挑，容貌美丽至极，是典型的日本女子长相。

如此美丽的人可真是千载难逢。长得标致的人怎么打扮都好看，所以她们不论盘怎样的发髻，穿什么样的衣裳都适合她们。

有一次武子夫人梳了丸髻，显得时髦洋气。我看机会难得，迅速为她画下写生留作纪念。她的美是灵动俊俏的。

《月蚀之宵》就参考了那幅武子夫人的写生画，当然我并没有原封不动地照抄那幅写生稿……

受伟大之物牵引，我步履蹒跚前行。

这句诗出自武子夫人的《无忧华》。每当我思念夫人，便在这两句诗词中追忆她生前的音容笑貌。

"受伟大之物牵引……"这句就仿佛在说：世人迈出的每一步，在天地间的伟大神明或大慈大悲的佛祖看来，都不过是比蝼蚁的爬行还可悲的渺小举动罢了。

正如古训"尽人事，待天命"教诲的那样：凡事只要尽自己最大的努力，就只待伟大神明或佛祖的力量了。

艺术也是如此。唯有使出极限力量、穷尽一切办法奋力前行，才能开始获得伟大的神明和佛祖的帮助。这大概就叫作天启。尽人事，神佛在努力的背后指引你迈出步伐，脚下的道路自然会越走越豁达。我从事画道五十年，这道理早已铭记于心。

"为之则事成，不为则事存，若事尚存，乃因无人为之……"这诗歌也咏唱了同样的道理。

凭借人力怎么也无法达成——这种事在艺术上好像还挺常见的，比如构思不足，想破脑袋也有无法企及的高度。此时可不能气馁放弃，只要一直思考打破僵局的方法，肯下苦功夫，就会得到上天的启示。

为之则事成——当人不想再多努努力、再多加把劲儿的时候，这句就是对脆弱精神的一记鞭策。

乃因无人为之——说的是，人不舍得付出最后的努力，就不能获得成功。结果，天地间伟大的力量能在最后关头发挥作用，等着要帮助那个人呢。

上天只会把启示给那些心无旁骛、努力进取的人。

也许上天的启示原本也会降临到不努力的人身上，但可悲的是那种不专心的人，错失了千载难逢的机遇。

上天的启示会幻化成各种各样的形式，在纷繁复杂的场合显现出来。

用绘画打比方，人能从某天的朝霞或晚霞映照的天色中寻到启示；也能从飘忽不定的浮云形状中，洞见自己曾经使出浑身解数也无法捕捉的形态；突然从水花打湿的干燥粗糙的墙壁上获得灵感。

"哎呀，要是用这个图形的话……"

不知多少次，我都以此为起点，将工作顺利推进下去。

总之，如果一直努力进取，就能抓住机遇。

接受上天的启示，就是抓住机会。

所以，上天的启示就等同于机会。

再也没有什么东西像机会这样，只要一不留神让它溜走，就再也找不回了。

所以，要想不错失良机，就需要持续不断地锐意进取。

彼时——童年故事

父亲

我生于明治八年四月二十三日，那时父亲早已不在人世了。

我还没出生，父亲就离开了我们。

"人要是被拍照片，就该没命了。"

这是那个时代流传的说法。所以我家没有一个关于父亲模样的物件。但是我似乎长得很像父亲，因为母亲经常说：

"他和你长得可真是像啊。"

所以每当我想起父亲，就用镜子照一照自己的脸。

"原来父亲长这样啊？"

我独自喃喃着。

祖父

我的祖父叫上村贞八，据说他和发起天保之乱的大阪町奉行大盐平八郎有血缘关系。

当时上面审讯罪人特别严格，因此，我祖父家一直隐姓埋名。

祖父曾在京都高仓三条南街的"千切屋"绸缎店工作，这个店现在依然存在。他一直做的是掌柜。

绸缎店夏天卖麻布单衣，到了冬天就卖棉衣，后来发展成京都一流的店铺。

总领的儿子让祖父贞八在麸屋町六角开当铺，据说第三年仓库里就堆满了物品。

京都发生有名的激战"蛤御门之变"后，大部分地区都被战火烧毁，或者应该说是被枪炮摧毁了。大炮弹落到邻家的院子里，引发了火灾，火势又蔓延到当铺的仓库，祖父一家人好容易死里逃生，便前往伏见的亲戚家避难去了。

那时，我母亲仲子才十六七岁，她时常说起那个年代的可怕经历。

元治元年这一年，祖父紧接着又在四条御幸町西街的奈良物町建造新家，这一次他开始经营刀剑生意。

轮流到幕府晋谒的大名行列，每次路过这里必定会有一群武士来店里买刀买锷，祖父的生意做得风生水起。

另外在人们回家探亲时期，店里的刀剑类儿童玩具卖得很好，因为大家都把这些玩具当作带回家的礼物了。

茶叶铺

不久之后，在"百事御一新"的思想指导下，天皇从京都的御所迁往东京的皇宫，京都如同逐渐熄灭的火焰一般萧索凋敝下去。政府出台废刀令后，刀剑商们只能关门歇业，祖父家也必然受此影响。这时母亲仲子收养了养子，她以此为契机经营起了茶叶铺。这个养子名叫太兵卫，曾在卖茶的店铺当了多年伙计，所以母亲充分利用了他的卖茶经验。

茶叶铺的铺号叫"千切屋"，看起来像是沿用了祖父打工的绸缎店的店号。

其实，自古以来就有茶叶铺起名"千切屋"的先例，就算不是因为那家绸缎店，母亲的小店也可以起这个名字。

时至今日，寺町的一保堂附近还保留着以往的街景风貌。我家的店开在街面上，天黑后关上挡板，早晨再把挡板卸下来，在店头摆上五六个糊着柿漆纸的茶叶箱。

店里则陈列着很多名为"棚物"的茶壶，里面都装着上等好茶。

我从儿时起——是的，从五岁左右就喜欢翻看绘草纸①或涂鸦了。我一边听着店头的顾客们说话，一边坐在账房里拿出砚箱里的笔，往母亲给我的半纸②上画画。

记得有一个买茶的顾客，他每次来都能看见我低头忙着涂写，就笑盈盈地对我母亲说：

"你家小津啊，看起来真的很喜欢画画，每次我来都看见她一直埋头画呢。"

还有一位叫樱户玉绪的画家经常光顾茶铺，他也是知名的樱花专家，送来过几张五彩的樱花绘画帖，对我说"好好画吧"。有一次他又给了我几张南画，鼓励道："你可以仿照着这个画哦。"

此外，甲斐虎山翁还特意为年幼的我雕刻印章。

那枚印章，我至今依然视若珍宝。

①江户时期创作的面向妇女或儿童的带有插图的小说。
②抄造成长 24~26 厘米、宽 32~35 厘米的日本纸。

绘草纸屋

在所有类型的画里，我最喜欢人物画。从小就一直描画着各种人物。

在儿时住的小町，有一家吉野屋勘兵卫——俗称"吉勘"的绘草纸店。我央求母亲去他家买江户绘①和押绘②用的白描画，等买来了，再高高兴兴地往上面摹写江户绘，或是给白描画上色。

另外闲逛夜市时，偶尔能在旧货店里发现古旧的绘本，我就缠着母亲给我买。

只要我说想买画，母亲不论买多少，都会一边说着"好啊好啊"一边付钱。虽然也没想过将来让孩子从事绘画工作，不过既然孩子喜欢就给她买吧——母亲大概是这么想的吧。

我记得是五六岁的时候，有一回亲戚家那边举办节日活动，他请我去家里玩。到那个小町后，我在一家绘草纸店里看到了特别漂

①又称锦绘，套色浮世绘版画。一般指浮世绘版画，因色彩丰富、鲜艳似锦而得名。
②日本的一种布艺贴画。

亮的画。

年幼的我特别渴望得到那些画，却扭扭捏捏地不好意思对亲戚开口。就在这时，我家的学徒恰好路过这儿，真是太庆幸了，我便在半纸上画下六个排成一排的带有波纹的文久钱，画好后把纸交给学徒，拜托他：

"给我带这个过来。"

于是，我终于如愿买到了心仪的画。

因为我不知道文久钱怎么说，就把钱画到纸上让学徒给家里捎信。据说，母亲看了我这张手绘信纸哈哈大笑起来：小津给我画了信啊。

在没有煤气灯也没有电灯的时代，夜幕降临后，商人们便在路旁点起煤油灯出夜市摆摊儿。我时常想起儿时的自己站在小摊前，寻找戏剧演员的似颜绘①或武士图的身影，那个时候我心无旁骛，一心眺望着绘画与梦想。真是让人怀念的年代。

吉勘店头前经常摆放戏剧演员中村富十郎的似颜绘等，现在回忆起来，我的眼前还能清晰地浮现出画中人物的面部线条。

---

①将真人的相貌和心情结合起来，在纸上画出接近真人的头像的绘画形式。似颜绘最初起源于欧洲，传到日本后结合浮世绘演变而来，但不局限于浮世绘。

北斋的插画

母亲爱看读本①，她常从河原町四条上街的书店借阅老书，而我则喜欢看书里的插画。一本书通常能亲子共读。

曲亭马琴的著作之类比较多——比如《里见八犬传》《水浒传》《弓张月》等。在这些书里我最喜欢北斋的插画，一整天盯着一幅画看，有时还下笔临摹——因为那会儿刚上小学，所以也记不太清了。

借来的都是线装书，字号大，插画也非常清晰，作为画帖也算是上等书。

北斋的画极富动态感，就连当时小小的我都觉得"画得可真好啊"，对他的画爱不释手。

书店大抵在一周或十天左右之后上门更换书籍，但是这家办事

---

① 一种类似中文白话小说的作品形式。

慢条斯理，一次性拿来二三十册书，过去一个月、三个月也迟迟不见伙计来家里取书。

第四个月终于他敲响了我家的门，送来一批新书。

"这些书很好看。"

说着，他放下书就走，旧书也忘了带回去。真是个无忧无虑的人啊。

出来跑腿儿送取书的伙计就是书店老板的儿子，他是个净琉璃戏迷，结果不干活，一个劲地哼唱小曲。

书店的老两口似乎比儿子的性子还慢，也是悠然自得的好人。

老两口总是在店头呆然地眺望着外面，有时候见我来还书，就对我说"真是劳烦你了"，还送我一张彩色印刷的画。店里有很多书，也有我喜欢的图册。

据说在御一新①之前，这对老夫妇窝藏了一位保皇志士。后来这个志士发迹后，成为东京了不起的大人物，十分感谢老夫妇："为报答你们，请让你们的儿子来这边上学吧。"就这样，老两口带着儿子去了东京。后来才得知，他们在临走前把店里的许多书都卖给了收废品的人，我特别遗憾，如果买下那些书该多好。

母亲有事外出时，我就一个人孤零零地待在家里，从母亲的梳妆台里取出胭脂，在半纸上临摹北斋的插画。母亲回到家，一定会给我两三张画作为小礼物，现在想来，那已经是很久远的事情了。

①明治维新的别称。

小学校时代

七岁那年，我开始在佛光寺的开智学校学习。

因为喜欢画画，课余时间也开开心心地用石笔在石盘上，或用庵笔①在笔记本里写写画画。

读五六年级的时候，学校第一次开设了图画课，那段时光特别开心。

因为能在学校学画画，我也特别期待去上学。

当时教我们画画的老师叫中岛真义，前不久刚刚去世。他生前经常来我家玩，也一起聊起那时的往事。

在散步休息的时候，我也不和同学们一起玩耍，而是一个人在操场角落的石板上画画。

小伙伴们凑过来。我本名是津祢子，大家都叫我小津。

①当时铅笔的叫法。

"小津，也给我画一张吧。"

她们纷纷拿出纸来。我扬扬得意地给她们画花鸟或人物之类。

一到周日，这些同学就聚到我家，我构思着各种发型，给这些女孩子盘头发。在一点一点探索发型的过程中，我明白了什么样的人适合怎样的发型，这也对我之后的绘画事业起了很大的帮助作用。

也许是中岛先生感觉我画得还可以，他总是鼓励我"要好好画啊"。有一次，他甚至让我参加京都市内小学校的展览会。

我提交了一幅烟草盆的写生，还很幸运地得了奖，奖品是一块砚台。

这块砚台一直留在我身边，现在画画也还用着它。每当看到它，我都深深地感激中岛先生的恩惠。

上小学时，因为我知道怎么搭配女子的和服、腰带和发式，所以邻居常来请教相关问题。

看来，我之后要走上画美人画这条路的预兆就是从那时开始萌发的。因为自然而然地牢牢记住各类素材，才会一直画女子画。

因此小学毕业后，我就进入画院学习，当时也没有意识要将绘画作为立身之技。

"既然喜欢画画，那就去学吧。"

母亲这么对我说，便送我进画院。在小学读书期间，一上绘画课，我就学得特别认真，而去专业的画院就意味着我能正儿八经地画画，当我听到母亲的建议不知有多开心。

我差点当着母亲的面哭出来，对她连连感谢。

去这所画院，就意味着我在画道上迈出了第一步。

母亲决心送我去学绘画的那一刻，年幼的我也似乎看到了前方在闪闪发亮。

青眉抄・上村松園

青眉抄・上村松園

青眉抄・上村松園

青眉抄・上村松園

画院时代

十三岁念完小学，我便在第二年的春天进入京都府立画院。

明治二十一年，一个叔叔深深地责备母亲："女孩子去画院学习成何体统。"但是母亲却反驳道："这是小津喜欢的事呀。"她没有听从叔叔的劝告。

学校的校址现在就位于京都旅馆附近，当时校园周围有大片大片的花圃。

而且学校前面就有鲜花店，我们经常去那儿买鲜花写生，有时就直接去花圃里现场画画。

那时的画院生活悠闲自在，很多学生并没抱着一定要当画家的目标，就顺其自然地入学了……

还有的家长觉得"我家孩子体质弱，就让他学画画吧"。

现在的画家要是没有足够的腕力和健康的身体是从事不了这一行的，但是在当时普通人眼中，画画貌似是这种程度的"消遣工作"。所以，从这种思想里很难诞生具有一腔热血的艺术家或充满生命力的艺术作品，后来从画院毕业的学生也鲜有出人头地的人物。

我们的校长吉田秀谷先生，还兼任土手町府立第一女子学校的校长。

学校设有四间教室：东宗、西宗、南宗、北宗。教室名听上去像佛教学校。说起这东宗北宗来……

东宗，学习柔美风格的四条派，主任老师是望月玉泉。

西宗，学习新兴的西洋画也就是油画，主任是田村宗立先生。

南宗学文人画，巨势小石先生任职主任老师。

北宗是苍劲有力的四条派，主任是铃木松年先生，他是一流的绘画大家。

我在北宗班学习，师从铃木松年先生。

刚入学，学生要学画"一枝花"，即描画山茶花、梅花、玉兰等。老师分发八开、共二十五页的宣纸范本，学生照着范本临摹，再上交给各自的老师检查。老师一一修改完，学生再誊抄一遍。如果二十五页的绘画考试全部顺利通过，学生就可以从六级升入五级。

到了五级，学生要画一些比"一枝花"稍有难度的画。

晋升到四级就要画鸟类、虫类，然后画山水、树木、岩石这类构图复杂的景物。最后，升入一级的学生要画人物像，完成最后这个阶段就可以毕业了。

但是我从小就喜欢人物画，总是画各种人物。如果按照学校的规定，我必须按部就班地在第一阶段画一枝花，这显然不能满足我。

于是在每周一节的作画课上，我就画人物画稍稍犒劳自己一下。

读了报纸上登载的新闻事件，我就立刻描画下来，所以我每周画的人物画就像绘画版的时事解说。

有一天，松年先生对我说：

"想画人物画是好事，但是不能违逆学校的规章制度，如果你那么想画人物画，就在放学的时候来我的画塾吧，你可以借借参考资料或看看画儿。"

我听了高兴极了，一放学就跑去松年先生在东洞院锦小路开办的画塾，在那里尽情地画画，或看别人画各类人物。

当时我上的那所学校里只有一百个学生，但是吉田秀谷校长先生却在演讲时很开心地说："画院也实现了重大发展，我们的学生终于达到了一百名了，展望日本画坛，这实在是一件值得庆贺的事情。"足见这在当时是多么稀罕的事。

不久，学校实施改革。

除了绘画课，还增设了陶艺纹饰和工艺美术的课程，这引来了正统美术派老师的强烈反对：

"我们学校没必要培养唐津烧或手工艺的职人。"

因此，老师们和学校发生了纠纷，教绘画的老师有一大半都同时辞职了。

松年先生那时也是反对派，他从学校辞职后，我也跟着他弃学了。之后，我去了松年画塾学习。

这么一来，我就不用再画一枝花、鸟儿、虫儿，可以无拘无束地继续深造人物画的画技。

当时，狩野派或四条派中有很多人画花鸟山水动物，几乎没什么人涉猎人物画。

应举派里倒是偶尔有人画，不过描写女性方面的参考画作太少了。

我一有空就四处奔走，去博物馆、神社、寺庙里欣赏秘藏画，然而能供我参考的画却寥寥无几。

"你想画的东西在京都是找不到参考资料了，真同情你。"

松年先生经常这么安慰我，他尽自己所能，借给我画稿或可供借鉴的图画。

他本身擅长山水画，所以也没有多少人物方面的参考图。

那时京都有如云社，每月举办京都画坛联合的展览会，地点就在现在弥荣俱乐部旁的有乐馆。展会的负责人从寺庙和收藏家那里借来珍品，作为参考画展出。这可帮了我大忙，我每个月必定去画展画缩图，从没错过。

只要听说美术俱乐部里有拍卖会，我立刻带着纸和文具筒奔赴现场。

到那儿后，我就求人家让我临摹那些拍卖画。我一边担心会不会打扰来看竞标活动的客人们，一边临摹。

对比曾经的种种不如意，现代人真是幸福，不论是文展①还是

①日本"文部省美术展览会"的略称，1907 年起一年一度举行的综合性美术展览会。后来文展改组为"帝展·新文展"，1946 年变为"日展"（全称为日本美术展览会）。1958 年，日展从官营变为民营。

院展都会展出特别多的人物画，不会为找不到参考画犯难。在我那个年代，如果不这么做就看不到参考图了。

一直在这种不自由中，坚持以人物画自成一派的我，取得了不错的修业成绩。

现代人很幸福，能够轻而易举地获得参考画，也不用那么辛苦就能顺利毕业，所以你们必须常怀一颗自省之心。

第一幅展品——四季美人图

现在，绘画西洋画和日本画的关键因素都是模特儿。然而在四五十年前，画坛并不存在这个问题。

我第一次在展览会上展出的画是《四季美人图》。明治二十三年，我用这幅画参加了东京第三届劝业博览会，当时年纪尚小，才十六岁。[①]

现在想来，那幅画的画工有些稚嫩。因为没有模特儿，我就对着梳妆台摆出各种姿态、造型，再一一摹写到草纸上。就这样，我完成了最初的《四季美人图》。

《四季美人图》的绢布宽二尺五寸、长五尺，上面画了四位女子，分别代表春夏秋冬四个时节，构图非常简单。第一个代表春天，我画的是正在插山茶花和梅花的女子，年纪是四个里最小的；夏天是一个比春姑娘大几岁、像阿姊模样的人，她盘着清清爽爽的

①明治二十三年为公元 1890 年，此时上村松园年满十五周岁。

岛田髻，身着纱罗和服，罗裳的图案是上红叶落在观世水①上，为了营造夏日氛围，我还加上了金鱼和竹帘；接着是秋天，她是比夏姑娘大不少的中年女子，手上弹着琵琶，和服等的色调中飘逸出一股秋日的寂寥之感；最后是冬天，这位女子最年长，正立于雪中欣赏一幅卷轴画。

这幅《四季美人图》的题材是如何构思出来的？其实我并没有经过深思熟虑，只是觉得从万象萌动的春天到生机盎然的夏天，随着时间渐渐推移，季节再由落叶凋敝、万木萧索的秋景，到自然界万事万物都沉沉入眠的冬日，一年的四时之景在不断变迁。我画出四季美人是想表达人生也分四季，四个年龄段代表着人历经的春夏秋冬。呃，现在看来，这种想法太过幼稚了。

可以说，我当时对画画从没感到过苦恼、绝望或疑惑。绞尽脑汁思考绘画题材，反而是非常开心的事，所以我可以无忧无虑、欢欢喜喜地接触绘画。

画《四季美人图》时我的心情就是如此轻松，十六岁还有半颗孩子心呢。现在想来，当时真是没为制作这幅画而殚精竭虑。

"老师，我想这么画，您觉得可以吗？"

"嗯，那你可以尝试尝试。"

就是在这种情况下，我凭着这股略带孩子气的热情，努力画下去了。

①水打漩涡的纹路。

画完一幅画需要花很长时间。

关于纸张，我用普通纸本做练习，用绢本画那些要特意做装饰或展览用的画。绢本比纸本难画。

第三届劝业博览会是在东京举办的，所以京都画界要想参加，就得前一年的明治二十二年十二月由京都府厅内的府厅人员将全市的参展作品一起打包送到展会。出展的人选是老师们从弟子中自由挑选出来的。

"我想把你的画送去展览，你要好好画。"

"这个孩子的绘画素养不错，得好好下功夫才行……"

没有现在这种评选的方法，也不会给送去的展品打上及格或不及格，采用自选的形式，由各个老师推选中意的学生作品。

我记得那次活动，铃木松年先生的画塾送去了十五六幅画。

但是东京博览会有作品审查环节，根据审查员的审核决定褒奖的等级。一等上是颁发铜牌，令我大感意外的是自己竟然获得了一等奖。

领奖的时候我开心极了。不管怎么说，在一个十六岁的女孩眼里这都是做梦都想不到的事啊。

那时英国王子①正好来日访问，莅临了博览会会场。更让我意想不到的是，王子居然注意到拙作，他看起来非常喜欢这幅画，还买下了。我对此深感荣幸。

这在当时的京都可是罕有事件。报纸上登载了各种关于我的画

①指阿瑟亲王（1850—1942），Arthur William Patrick Albert，为英国女王维多利亚和阿尔伯特亲王的第三子。

作或我本人的报道。就在前不久，我从角落里发现了一份四十几年前京都发行的《日出新闻》，心想"哦呀，这是稀罕之物啊"，就粗略地看了看，没想到上面还记载着我参加那次劝业博览会时的相关报道，怀念之情不禁油然而生。

在我学画画的时候，一位唠唠叨叨的叔叔岂止是特别不赞成我画画，更是反感我母亲做出的这个决定。

"让上村家的女孩学画画，你到底想干什么？"

他不仅来家里当面念叨，还在背地里指责我的母亲。但是母亲从没受过外人或亲戚的特别关照，就全然不理会他人的闲言碎语。

然而，这个叔叔从报纸上看到我获奖的消息，立刻转变态度，还欢天喜地地特意登门祝贺。之后他就成了我的，呃，用现在的话来说就是画迷。他对我关爱有加，只要我的作品参加展览会之类的活动，他必定前去捧场，逢人便夸赞我画得棒。

两年后的明治二十五年，我又用同样的题材、同样的主题画了第二幅《四季美人图》，参加展览会。因为劝业博览会的《四季美人图》颇受好评，所以我竟得到农商务省的点名提携，有幸应邀参加芝加哥博览会，还获得了六十日元的奖金。于是，我用木板将画好的画装裱起来，寄了过去。那时，六十日元对我而言可是惊人的巨资。

京都派出参加芝加哥博览会的画家，除了我，就是像岩井兰香那样的画家了。兰香女士当时已是花甲之年，所以小小年纪的我像是享受了破格待遇。我记得东京的迹见玉枝女士等的作品也一同参加了。

第二幅《四季美人图》经过评审获得了二等奖，据说美国的报纸登载了我的照片，对此事大书特书了一番。

那次荣获的唐草纹的银奖牌，至今还留在我的身边。

我还记得是京都芝田堂的店主芝田浅次郎先生做的装裱，他特别高兴，就像自己的画当选了似的，早早地来我家祝贺。

东京的迹见玉枝女士、野口小苹女士，以及京都的岩井兰香女士都是让人啧啧称赞的著名女画家，我能与她们一起参加画展，并且还获了奖，母亲为此高兴得眼里噙满了泪水……现在想来，那也是让人无限感怀的往事了。

画室谈义

有一次，某东京妇女杂志的几名记者来采访我，用照片和文字记录下了我的多面生活。

他们还提议说，想拍一拍画室内的照片。我听了左右为难，就对他们说明了理由：除了我之外，任何一个人，哪怕是我的家人或孙辈们也都不能随便出入我的画室，呃，那里是我专属的工作房间，对我而言甚至像是无可替代的神圣道场。虽然我婉言谢绝了，可还是挡不住记者的再三请求，只得便同意他们进去参观拍照。不过，我至今都难以抹杀掉那种强烈的窘迫感。

自那以后，时常有四面八方的人带着同一个请求来找我，他们或是出于研究的热忱，或是出于单纯的好奇和兴趣，都想看看我的画室。不过我都尽可能地拒绝了。从今往后，我再也不想接受这种请求。

大正①三年左右，我在京都市中京区间之町竹屋町上街，建造

——————————
①日本大正天皇在位期间使用的年号，指公元1912—1926年间。

了现在的住宅和画室，想来都是二十几年前的事了，那时我的儿子松篁才十三岁。

画室在偏房，通过一条长廊与正房相连。画室是一座朝南的二层小楼，东西南三面都镶嵌着纸拉窗和玻璃窗，只有北面是一整面墙壁。面积有十四张榻榻米大。

采用这种双扇窗是为了方便调节光照的明暗强度。窗户外侧有一圈一尺宽的小外廊，另外还象征性地安上了围栏做装饰，这条小廊很适合摆放各种各样的小盆栽。

池水环绕着画室，我往水里放养了金鱼、鲫鱼、鲤鱼等鱼类，池塘外种着橡树、山樱、棠棣，还有一架藤萝。从这里到正房的中庭的区域，散落着小鸟们的鸟舍，兔子、小鸡过得悠然自得，甚至还能看见狐狸的小窝呢，这些景物对我和松篁来说都是写生、学习的上好素材，另外这些动物也是孙辈们特别的玩伴。

早晨，阳光从树叶间倾泻而下，毫不吝惜地洒进画室。野鸟不知从哪儿飞来，立在山樱的枝头婉转啼鸣，笼里饲养的小鸟们听了，也跟着啾啾地附和起来。

在树林间慢悠悠地散步，瞟一眼池塘，绯鲤正游出一抹静寂。

在这里，清晨的一刹那虽然简慢，却是我心中的净土世界。

每年五月七八号是画室的大扫除时间，以此为界限，夏日的暑热渐增，我移到一楼工作；而盂兰盆节一过，我趁着为文展作画的契机搬到二楼去。这就是画室两层空间的使用期。冬日楼上光照充足，屋里暖和；夏日，楼下有树荫遮挡烈日，清凉舒服，适合制作。

整栋画室里，有的角落堆放着几册备忘录手帖，有的地方又堆满了画有孩童的速写稿。一层画室随处可见樱花的缩图帖，不管是上面还是下面的画室，都零落着各种绘画必需品，从纸张、画具、铅笔到画具的盘盘碟碟。如果不是我本人，估计连哪里有什么都没个头绪吧。

说来也奇怪，我却能牢牢地记住每样东西的位置，以前还觉得根本没必要重新整理画室呢。

只有打扫画室的活儿不需要别人帮忙，都是有我亲自动手。

这是因为在制作的位置上需要铺着一块绒毯，而且为了防止苍蝇、蛾子留下污渍，我总拿白布盖在画上。

绢布条掸子、自制的棕榈扫帚等都是我专用的扫除用具。

雨霁初晴的第二天，空气湿润，最适合打扫卫生。

最近我才知道，二层画室外的那条窄窄的外廊，不知何时已成了附近猫咪们的通道了。

三花猫、白猫、黑猫，确实有很多附近的猫咪翻越我家的院墙轮番跑到画室来，有的猫堂而皇之地悄声路过，有的猫在早晨或午后找个日照好的时候，舒舒服服地躺在外廊的围栏一角贪睡片刻。

正好在眼下的冬日时节，外廊就成了猫咪们绝佳的休憩场所。

它们走起路来没有一丝声响，能极其巧妙地穿过万年青和蜀葵等的盆栽的空隙。就在几天前，我还从画室的玻璃窗，悄悄地探出身子注视它们。一只可爱的三花猫和一只白色的猫正躺着享受冬日暖阳的轻抚，它俩好像完全没注意到我。

不过偶尔的午后，我正沉浸在制作三昧的境界中，一声突如其来的猫咪尖叫，几只动物的巨大身影迅速从眼前略过，都让我不禁停下画笔。

它们可以擅自占据房檐下的外廊，不过这个画室主人却时不时地受到它们的惊吓，创作也因此受到干扰，真是"令人头痛的恶作剧啊"。

出租厢房，竟不承想正房也被霸占……想起这个无趣的俗语时，我不禁苦笑起来。

画室里其实是很热闹的。几年前画的美人画稿还立于一隅，画中的清少纳言一脸像煞有介事的神情远远地眺望着前方。

不怎么使用模特儿的我，就在夜晚把自己的影子投到墙上，以此捕获人形姿态。

所谓的剪影画，它只能照出事物的整体样态，却反映不出细微的线条，所以对掌握人物轮廓大有裨益。

另外我还在屋里摆了一面大镜子，方便揣摩各种姿势。

有时换上红地白点的长款和服衬衣，有时又穿上长袖和服——大概外人会觉得我的行为太古怪了，不过我本人可是在认认真真地搞研究。

画室是禁止他人入内的，所以没人能看到这一幕，也就不会招来嘲笑了。我心下思忖：不过，谁要是从门缝偷窥我，这行径才十分奇诡吧。

我记得好像是狩野探幽，他为了给某个寺院的隔扇画千纸鹤，就参照了自己的姿态。

在月光朗照的夜晚，竹条和树枝的暗影投到窗扉上，从枝条勾勒出的各种形态中能发现美丽的轮廓造型。所以我时常画树影，留作日后的绘画素材。

缩图帖

在画画之初，我就开始画缩图了。即使现在路过博物馆，也偶尔会进去画一下。

刚刚接触绘画课时，我看着松年先生、百年先生画的古画缩图，也依样学样地画。

那时每每召开展览会，不管在怎样的场合，我都不忘带上文具筒和缩图帖，一画就画好多幅。

花鸟、山水、画卷的局部图、能面，以及与风俗相关的独特展品，我都觉得特别有意思，便毫不客气地一个接一个地贪婪画下来。

虽然没有要求缩图帖的特定纸张，但我尽可能挑选带庵的好纸装订成册。最近，我用的是薄薄的硫酸纸，这种纸正反两面都能用，写生花草之类的很方便。

现在的年轻人都用铅笔学画缩图，我可能是长期以来养成了习惯，觉得用文具筒和美术毛笔画起画来更顺手。

所谓绘画，最终还是要落实到笔头上，所以就算画缩图或速写，我也常用毛笔。毛笔画出的线条是如此流畅，比铅笔更锻炼笔力。

这道理就像是，用钢笔写硬笔书法的人写不好毛笔字。

现在我手边有三四十本的缩图帖。每本的页数和厚度都不尽相同，从厚的到薄的，样式形形色色。开本有大有小，横翻页与竖翻页不统一。

不过我在每张帖上都标注了日期。日后回想起来，用画笔付出的辛劳让人发出感慨。多少年过去了，只要翻开缩图帖就能回想起当年的种种，令人不胜怀念。

哎呀，那幅画是……对了，应当是封存在那个大缩图帖的某一页，甚至让我清晰地记起细小的斑点。

只要展开一幅缩图，我就能迅速回顾，并在脑海里明确勾勒出这幅缩图的原图。这就是下苦功夫画缩图给我带来的回报。

我也经常在展会或博物馆买那种复印照片，因为自己没有付出辛劳，即便看照片也回忆不出原画的韵味和细微的线条。

我之所以努力画缩图，原因就在于此。

很早以前，我的老师栖凤先生一画大作，就会同意我画此画的缩图。如果白天去画，会打扰老师制作，可夜里画到很晚又会给家人添麻烦，所以我经得老师允许，可以一大早就去画缩图。在工读学徒和女佣起床之前，我就趁着蒙蒙的晨色去老师的画室，所以经常吓到他们。

从元旦早晨开始，我就一头钻进京都的博物馆里画上一整天的缩图。这也经常让博物馆的管理员大为吃惊。这些往事都让人备感感怀。

我画缩图画，哪里还管它是盂兰盆节还是正月呢。

我倾注了全部的心血才凝结出了硕果——缩图帖，它是仅次于我的生命，或者说等同我的生命的宝贵之物。

前几天，我家前面的那条街发生了火灾，火焰映得画室的窗户一片通红，飞散的火星哗哗地落在屋顶上。眼看着风吹过来，我心想："这下可糟了。"

当时都快绝望了，住过几十年的画室如果被火烧也是没办法的事，不过，我最牵挂的就是那些缩图帖。

其他的东西我都丢到脑后，最先把缩图帖归拢到一起，用包袱皮打包好，一边思考着怎么带着这个包逃出去，一边观望火势的发展。让人庆幸的是，风改变了方向，大火蔓延到第三家就停了下来，并没有殃及我家。我终于舒展愁眉，放下了手里的包袱。

那捆缩图帖就一直裹在包袱皮里，在房间的一角放了一个多星期。

健康和工作

去年五月去东京办事，我在帝国饭店小住了几日。直到上京的前一天，我还在不眠不休地埋头工作，所以在饭店整顿好行李后，脑袋里还想着画画的事。那个时候，自己竟然没有丝毫察觉到身体貌似劳累过度了。貌似……这个词听上去就像在说别人的事儿似的。我一直以来都不关心自己的健康问题。不以病为病则不得病……总之为了工作，我总不珍爱身体。我又太忙，顾不得关心自己的疾病。

因此我没对自己的健康上心，也没有时间让过度疲惫的身体得到休息。我在东京住了一晚。

第二天早上从睡梦中醒来，下了床，想去拧洗手盆的开关，可不知是什么情况，那天的开关特别难拧。

哎，有点紧啊。我边想边用力，就在要拧动开关的那一瞬间，脑袋里像吸入……似的吹过一阵冷飕飕的风。在我震惊的瞬间，后背的筋咔嚓作响。

"完了。"

我不禁小声呻吟，感觉身体轻飘飘地浮了起来，浑身冒冷汗……之后，我差点瘫倒在地。

匆匆办完事，我离开饭店返回京都，到家后就觉得腰疼难忍。早晚湿敷理疗，尝试了各种办法，六十天后才痊愈。终于明白这是持续强迫自己工作，没有好好休息埋下的恶果。从那以后，只要稍感不适或疲倦，腰和背就会痛起来，打扫画室、搬运书籍也特别吃力。

从三月起为了制作展览会的作品，我确实是蛮干到底，以致身体吃不消。自诫今后要多多留意那些小苗头引起的疲累，同时也感慨才付出这么一点点努力身体就承受不住了，人啊，不得不服老。当时觉得有些悲凉。

回去后，我就找熟悉的医生看病。医生摆出一脸"啧啧，你看看"的神情告诫我："到了您这个岁数，再想像年轻人那样蛮干可是行不通的。三十岁就要有三十岁的拼劲儿。六十岁的人，即便想使出二十多岁人的劲头也使不出来了。"听了医生的话，我夜里再也没有拿起过画笔。

回想起来，我这个人从很小就一直让身体超负荷工作。终于在今年，我才偶尔佩服自己的身体能常年维持康健。

年轻时，参加某年春季的展品是赏明皇花图，我为了画唐玄宗和杨贵妃在宫苑中赏牡丹的情景，四天三夜通宵达旦连续画画。因为那时精力旺盛、对绘画充满热情，不过，现在看来那是胡闹，真吓人。

展品搬入展览会场的截止日越来越近，可脑袋里还没形成关键的构图。心里越急越想不出好方案，就在我迷失方向的时候，在最后一周的紧急关头，我才设想出坚不可摧的构图来。

于是在接下来的一周，我夜以继日将一切精力倾注到这幅画中，奋战到底。我并不是勉强自己努力画画、坚决不睡觉，但交稿日期迫在眉睫，一旦画下一笔线条，我即使想停都停不下来。我的手不知在何时早已紧紧地握住画笔，向画布移去，整个人就像画灵附体了似的。最后通过四天三夜的孜孜努力，我终于完成了画稿。

《唐美人》是关于梅花妆的故事，汉武帝的女儿寿阳公主的盘髻的形状让我印象深刻。为了这个发型，我也花了很多功夫。

当时调查了很多古代中国的风俗画，还去博物馆、图书馆找参考图，可惜都没有发现符合寿阳公主的髻鬟。

发型既会重现也会抹杀公主的品位，所以我苦思冥想，构图却完全没有进展，就在构思的第三天当口，我终于抓住了灵感。前几天，我前往博物馆和图书馆寻找资料无果，便拖着疲倦的身体回到画室，乱翻一通也没有找到参考书，还迷迷糊糊地睡着了。睡着睡着忽然有了尿意，起来去方便。从厕所的洗手池里掬一捧水，不经意地泼向庭院，就在水哗地一下纷纷落到水泥地面的一瞬，髻鬟就出现在了那水印里。

"这真是个有意思的图形啊。"

我自言自语道。但那个时候，我一定从中察觉到了公主的发型，并由此得到启发，一气呵成画完梅花妆的故事。现在想来，这也算是美之神显灵吧。

夜深了，家人入睡会后一片寂静，我也累了，想躺下歇息。收拾周身散乱的画具时，我看到了一个画盘，那上面的颜色异常鲜明，映照在我疲惫不堪的双眸中。

"呀，这是在什么时候调配出的颜色……好有趣啊。"

盘子上的新奇颜色紧紧抓住了我的心，让人看得入迷。如果把这颜色涂到这儿，就是恰到好处的色彩搭配——刚想到这里，我的右手竟早已拿起了画笔，不知不觉地开始继续工作了。

另外，我要是在睡觉前不经意地看一眼画，发现问题，连一条线都不会放过。

"这条线画得不太好啊……"

就在我看得出神时，手正在画上做修改了。浑然不觉间，又继续全神贯注地埋头画画。结果兴致高昂起来，又是熬了一整夜。第二天，清晨便悄无声息地来到我的窗外。像这种情况与其说是经常，不如说是每天都如此。

"哎呀，都没意识到头遍鸡叫和二遍鸡叫是在几点。"

我一边看着窗子上渐渐亮起的白光，一边回想昨晚一丝不苟的工作。

仅仅凭着性情努力地活下去，仅仅为了画画继续生存下去。

这给我带来了无以伦比的满足感。

昭和①十六年的秋季展览会举办前，我犯了胃病，无奈卧床一

---

①日本昭和天皇在位期间使用的年号，指公元 1926—1989 年间。

周。这也是蛮干种下的恶果。

胃稍微好些后，截止日期却只剩下十多天了。

当时《夕暮》的草图已经定稿，构图我也很满意。无论如何也赶不上邀请日，我就想放弃不参加了。但又觉得因为年事已高，就不能按时完成一年一度的绘画制作，遗憾之情便油然而生。我振作起来，又彻夜赶稿一周。那次恐怕是我最后一次强行蛮干了。

虽说七天彻夜赶工，但我也间歇休息了一下，就没觉得特别辛苦。

凌晨两点，喝一杯淡茶能让人凝心静气、提神醒脑。连续工作到第二天午后的晚饭时间，吃完饭，洗完澡就舒舒服服地睡一觉。再在夜里十二点之前醒来，拿起笔画，一直到第三天下午五六点左右。

经过这一周的努力，总算在邀请日当天把画稿运送过去。能赶上展览真让人欣慰。

《夕暮》的创作时间基本上都是在晚上，这是不是预兆着什么呢？

医生来看我，满脸怒气地对我说：

"你这么硬撑，又差点累倒了。以后你会吃苦的啊。"

心里虽然恐惧蛮干会带来严重后果，但要一来了兴致，我还是想把工作延续到深夜。要小心啊云云。一想起医生的嘱咐，我就不得不立即放下画笔。相反，第二天早上我比谁都早早起床去工作。

人们都说夜里不容易画画，但深夜创作却一点都不稀奇。夜深人静时，独自沉浸在艺术三昧的境界中，我觉得那幸福感弥足珍贵，是任何东西都无法取代的。

我时常感慨：就是这样蛮干，就是这份魄力，才引领着我走到了今天……

关于自己能够蛮干下去这事儿，我有时得感激一个人。

那就是我母亲，她身体素质也比一般人好上一倍，全然不理会头疼脑热之类的小毛病。年纪轻轻就必须养家糊口的母亲，大概和我一样不关心身体。甚至可以说，是工作的必要性给母亲带来了康健。

母亲在八十岁的高龄时才第一次卧病在床，需要请医生来家里看病。那时，她对我吐露，这还是头一回让人给像模像样地把脉呢。

母亲八十六岁去世，而我还有堆积如山的工作要去做，所以想着不管多长的寿命也不够用，必须把现在正在构思的几十幅画全部完成才行。

我不忧虑余生的路还能走多远，但惦念着今后要做的各种研究。

我并不是贪生畏死的人，但既然要完成那几十幅大作，我就下定决心，不论如何也要多活几日，在这栖霞轩里闭门不出搞创作。我甚至这样幻想：生死轮回，一代又一代生而为艺术家，今生就要把未研究的事情都研究透彻。

祈愿美之神赐予我长寿生命，保佑我的余生。

栖霞轩杂记

我的雅号的得来有这样一番经历：第一个字是铃木松年先生赐给我的，他从自己的名字中取了"松"字；我刚学画画时，母亲的茶铺和宇治茶商有生意往来，宇治当地有一块茶园能采到上等茶叶，所以先生就用茶园的"园"字与"松"组成了"松园"。在我展出第一幅展品《四季美人图》前，松年先生确实对我说过："你得有一个雅号了。"便帮我起了这个雅号。

"'松园'不错，一听就是女孩的号。"他就像给自己取了个好名字似的，很是高兴。我原来把"园"字写得周正，但过了中年就不规范书写了，把园字中的"元"写到"口"外。我至今还能忆起母亲为我感到欣慰的表情，那就像松树园一样欣欣向荣。

画室中有一间屋子名为"栖霞轩"。我跟他人没有太多往来，一旦进了画室就埋头绘画，所以我的老师竹内栖凤先生说："你过的完全是仙人一般的生活啊。仙人采霞为食、披霞为裳，就管你这间画室叫栖霞轩怎么样？"

承蒙栖凤的命名才得此室号。在郑重其事的场合，比如画中国风的人物或中国风的大型作品时，我会写上年号和室号。

尔来五十年，我一直忘我地沉湎于栖霞轩的艺术境界中，可松园的命名人、栖霞轩的命名人都已不在人世了。

我偶尔在这间画室里梦见松园里欣欣向荣的松柏，或梦见自己身披霞衣在深山幽谷中游乐。

每天早晨都不能缺了冷水擦身，这种健身方法比广播体操还管用。我把这个习惯坚持了四十年，还打算继续做到去世那一天。因此，我不讨感冒之神的青睐，它从不愿意到我这栖霞轩。

每天都会喝一点高丽参的萃取汁，这一喝也有几十年了。

构筑健康的身体都要花上几十年时间，更何况艺术的世界呢。即便我不眠不休地修炼到死，艺术也是远在天边、难以企及的事物。

一天当中最快乐的时光就是待在画室里。

茶人在小小茶室里聆听萧萧松风，修禅之人在微暗的僧堂内心无杂念地静坐，画家端坐在画室中……大家都能抵达各自的境界。

研墨、铺纸，端端正正地坐好后将视线集中于一点，无念无想，任何妄念都无法乘机进入内心。

对我而言，画室如同花萼，是花朵无以伦比的极乐净土。

每当画累了，我就沏一杯淡茶。

啜下一口，仿佛有一股清爽的东西吹遍全身……疲劳感立即云消雾散。

"嘿，就凭着这份凉爽的心情画出线条吧。"

我悉心地将毛笔蘸满墨汁。这个时候就能落笔生花，画出的一条条线与我的心血相通。

不过，偶尔因为在线条、色彩上的一点点疏忽就把画画糟了。这时我会认真思考一两天，甚至还会忘记吃饭。

我思考的不是遮掩笔误的方法，而是在想方设法扭转乾坤，把这个失误引向成功之路。

我尝试各种办法，对着空气画线条、涂颜色，研究怎样才能化腐朽为神奇。

我常常会在忽然之间，把笔误转化成新色彩、新线条和新的构图。

前人留下了一句亘古不变的古训——失败乃成功之母。

我开动脑筋、灵活运用这个笔误，每当画出意想不到的佳作，都欣慰不已。因为这往往预兆着我在绘画的世界里又前进了一大步。

"无论怎样也要弥补这个笔误……"想着想着我就睡着了。

在梦里，我也依旧在思考这个问题。

有时，梦见从松园这个词里直直地伸展出一条线，化成一枝梅花。有时也能梦见画错的那个地方给我发出暗示。

然而梦醒后再看那画稿，才发现现实的笔误和梦里的笔误完全不是一回事。

能将全身心投入到属于自己的艺术中的人是幸福的。

艺术之神只把"成功"二字馈赠给这样的人。

我家有一位做了多年帮佣的女子，可我总也记不住她的名字。

不管对哪个帮佣，我都用"妇人。"这个称呼让她们帮我做事。

在艺术之外的世界，我完全是个外行人，就像连区分帮佣的名字的记忆力都没有。

前几天整理旧废纸，我找到一份去世的母亲在年轻时写下的玉露①价目表。

母亲生前经常练习书法，所以写得一手好字。

一、龟之龄　每斤　三日元

一、绫之友　同上　二日元五〇钱

一、千岁春　同上　二日元

一、东云　　同上　一日元五〇钱

一、宇治乡　同上　一日元三〇钱

一、玉露　　同上　一日元

一、白打　　同上　一日元

一、打鹰　　同上　八〇钱

虽然纸上还记载了其他茶叶的文雅的名字，但因为下半部分缺损，看不到价格了。

毫无疑问，与现在的玉露相比，那时的价格相当便宜。

---

①一种高级绿茶。

而且就味道而言，现在的茶也不能与过去的相提并论。

那个时代，茶铺里的气氛很祥和，寺庙的僧侣、儒者、画家、茶人以及商人都来买茶，茶叶是最高雅的代表。京都人好喝好茶，就算是不富裕的人也品茗茶。

我家的店铺坐落于四条通的繁华街区，店前来往的行人络绎不绝。遇到相识的人便上前打招呼：

"啊，欢迎光临。"

"那么请进来歇歇脚吧。"

路过的人坐到店里，不拘买茶与否，母亲都会为他们沏上一壶淡茶。

"你们也喝一杯吧。"

母亲说着便将茶水送到大家面前。有时正巧赶上旁边有摆摊儿卖好吃的和果子，熟识的茶人就买来和果子分给同席的人吃，大家一边啜茶一边坐着闲聊，其乐融融地度过一段美好时光。

如果将江户的理发店比作町人的俱乐部，那么京都的茶铺则是茶人的俱乐部。

从前的京都商人都很善良，除了茶铺，任何一家店都像我家那样在待人接物方面很是亲和。买货的人和卖货的人做买卖都发自内心地感到快乐。

最近的商人却市侩得很。店家言辞冷淡、不热情，顾客就不得不低声下气地买东西……只剩下财物交易的买卖，完全缺乏人情味，让人心生凄凉。而且现在还出现了"黑市"这个词，每当听说商人采用不正当的手段牟取暴利，我就不由得怀念起从前。

其实，也不能说那个时候就没有不正派的商人。

茶铺里经常来掮客。每逢新茶上市，这种掮客（中间商）就到我家店里来卖茶，他们宣称自己有宇治一品的新茶。

只要我们疏忽大意，他们就用不可不提防的替代品做幌子，骗我们买下掺了陈茶或乡下茶的次品，让我家蒙受严重损失。

母亲总是一一品尝鉴别掮客的茶叶，她的味觉敏锐，能看穿对方的诡计——

"这个余味苦涩。是掺了地方的茶叶呀。"

眼见着弄虚作假不能蒙混过关，再狡猾的掮客也不得不缴械投降，只好运来好茶。

母亲有一句经常挂在嘴边的话：商人无论做什么买卖都不能只顾着发财，必须让顾客高高兴兴地来买东西。

对现在的商人而言，这种良心依然是难能可贵的。

我小时候很喜欢金鱼，经常把金鱼从鱼缸里捞出来，再给它们穿上红色的衣裳。母亲发现了，便瞪圆了眼睛说：

"你这么做可不是疼爱金鱼啊。即使金鱼光着身子也不会感冒的，快把它的衣服脱下来吧。"

我手里捧着早已不会动弹的金鱼，虽然疑惑不已，还是对母亲点点头。

小时候很天真，把死掉的金鱼埋在院子的一角，还为它建了一个小小的石墓。我向母亲报告葬金鱼的始末，她听完，站在木板窗外的窄廊里，一脸困惑地对我说：

"做一个石墓倒没什么。不过，你掀翻了好不容易才长出来的苔衣也没用啊，金鱼都死了。"

还是个孩子的我，不像大人那样能区分自己做的是好事还是坏事。我当时暗暗纳闷：该怎么做，才能让大人们多多夸奖我呢？

儿子松篁和我一样也很喜欢金鱼。冬天来了，我用粗草席包住鱼缸，直到来年春天都不让光线照进去。松篁可等不及了，时常来到走廊里的金鱼缸旁，扒开草席往里瞧。他见到喜爱的金鱼像寒鲤似的一动不动，就忧心忡忡起来。他用一截竹片沿着缝隙伸到鱼缸里，戳一戳金鱼，见金鱼游动了，他总算是放下心了。

我平静地告诉他：

"现在是冬天，金鱼正在睡觉呢。你把它们弄醒了，它们会因为睡眠不足死掉的……"

松篁还是个孩子，好像不理解金鱼在水中睡觉，一脸莫名其妙地说道："可我很担心它们……"这么说着的他还是有点担忧，回头看了看鱼缸。

有朋自远方来，不亦乐乎……中国的古人如此吟诵。朋友来了，就要拿出家里现成的鱼肉、山珍由衷地招待一番。

所谓的款待，并不一定是将餐桌摆满山珍海味。主人们的心意才是最重要的。

前几天，我去拜访许久未见的茶人故知，这对老夫妇诚心诚意地欢迎我。

但是他们俩因为各自的欢迎方法引发了一段美妙的拌嘴吵架。

男主人主张：

"今天的客人不喜欢铺张浪费，你只要用咱们厨房里当季的食材做家常便饭就行。客人反而会很开心。"

而夫人却主张：

"你说得不对。这是久违的客人，应该盛情招待，多为她烧几道上好的饭菜。你别忘了'御驰走'①写作乘马奔走者也。正因为如此四处奔走、采集食材，烧出一道道美味可口的菜肴，方可叫作'御驰走'。"

两个人都心存善意，言语中流露出对我这个朋友的关怀。就在这个时刻，我出面充当调解员，劝说道：

"刚刚您二位所说的话，对我来说就是最好的款待，我已经心领了。现在我想喝一杯淡茶，喝完我就回家。"我将男主人所说的用现成食材做的粗茶淡饭和夫人主张的乘马奔走剥夺食材烹饪佳肴——心灵款待，都放在一杯淡茶里，十分感激地喝完，就跟他们告辞了。

芭蕉翁有一年走访金泽的城下町，当地众多的门人和俳句诗人为欢迎他的到来举办俳句会。芭蕉看见酒席上摆满了山珍海味，就规诫门人，说：我的门派里没有这样宴请的方法，如果你们想招待我，就请赐我一碗白粥和一片清香的腌菜吧。在回家路上我想起芭蕉翁的故事，久违地被这句话逗笑了。

---

① 中文意为盛情款待。典故来自请客之前，主人要骑在马背上到处奔走采集鲜美的食材，烧出美味可口的菜肴。

在我七八岁，发生了这样一件事。

我跟着母亲去建仁寺时，两足院的算卦先生给我算四柱。所谓四柱占卜就是从出生的年月日时辰来推算一个人的运势。

算卦先生查了查我的四柱，说："哎呀，这个孩子的四柱真了不得，长大定会成名。"

我还记得母亲当时听了特别高兴连连低头道谢："太感谢了、太感谢了。"

我基本上只画女子画。

但是，我画画的时候，从不认为只要笔下的女子相貌漂亮就算画得好。

我希望自己的画不带一丝卑俗之感，就宛若清澈透明、芬芳四溢的珠玉。

也希望人们看过我的画后不起任何邪念，还希望哪怕是心存邪恶的人也能被我的画洗涤心灵……

以艺术济度他人。——画家应当有这样的自负。

内心不善良的人，也诞生不出好的艺术。

不论绘画、文学，还是其他领域的艺术家，这句话都同样受用。

自古以来，能诞生优秀艺术作品的艺术家没有一个是恶人。大家的人格都很高尚。

我的心愿是画出真正抵达真、善、美的极致的美人画。

我画的美人画，不仅仅是如实地描绘女子的外貌。在重视绘画写实性的同时，还想让人看到我对女性的美丽的追求和憧憬——这种心境就是我持续作画的原点。

我也曾一次又一次地经历濒死般的痛苦挣扎，现在才能全身心投入到绘画三昧的境界。

当我徒然地抱着崇高的理想，又质疑自己的才能时，我懊恼"如果只能当个平平凡凡的人，那也就没有活下去的必要了"。我多少次站在绝望的深渊中，决心了却这一生……

然而在小有名气之后，我又数次在通往艺术本真的道路上苦恼，厌世的想法束缚住双手双脚，我不明白地位和名誉究竟意味着什么，甚至也不知道自己脚下的路是否正确。

如果继续在这种地方钻牛角尖，恐怕只有死路一条。

我鼓励自己要战胜懦弱，凭着对艺术的热忱和坚强的意志力，我跨越了那道坎——总之，我终于开拓了现在的境界，能安下心来绘画了。

回过头来再看，那时的种种痛苦和欢乐都已变成了一块苦乐参半的岩石，在叫作艺术的熔矿炉里相互融合，并无意中为我创造出了高超、坚固的境地。

在那里，我端坐在花萼上思考——此刻沉浸在祥和的绘画三昧的生活中。

再来说说十七八年前的往事。

有一天，一个男子出现在我家玄关前。"这是米粒。"他说着，便把一粒米放在纸片上做展示。那会儿我和母亲正好在玄关，我就盯着他的脸，暗暗觉得他说的话真是莫名其妙。

"这虽然是颗米粒，但是米粒与米粒之间也有区别——那就是，"他把米粒递到我的眼前，说："这米粒上写着伊吕波①的四十八个字。"

米粒黑乎乎的，看起来不干净。别说是伊吕波的四十八个字了，连伊吕波的第一个字"伊"我都认不出来。

"呀……这上面写着伊吕波吗？"

我和母亲一脸惊愕的表情。于是，男子又介绍说："裸眼看当然看不明白了，您得用这个放大镜才行。"他从怀里拿出一个大大的放大镜递过来。

我和母亲用放大镜把那颗黑米粒放大，这才看清楚。正如米粒男所说，米上布满了用细细的字体写成的伊吕波歌。

"真了不起啊！"

"你是怎么写上去的？"

我们母女很是钦佩地摆头，问询。

"我父亲的视力极好，甚至能看见一町②开外的豆粒。而且，眼前的这颗米粒在他眼里就像看个大西瓜似的清楚。所以，在米粒上雕刻伊吕波歌是小菜一碟。"

"真了不起啊！"

"还有人拥有这么好的视力。"

我和母亲再一次对他说的话感到佩服。

紧接着，男子又拿出一粒白豆。

①日本平假名的总称，来自日本平安时代的《伊吕波歌》。伊吕波是该诗歌的首三个音。
②日本长度单位。1 町约为 109 米。

"这上面雕刻着七福神呢。"

我们又把放大镜放到白豆上。果不其然，弁财天、大黑天、福禄寿……每个神仙手里都拿着各自的物件，容颜喜人的人物雕刻得笑容可掬，威严的人物也塑造得不苟言笑，七位神仙都是活灵活现、栩栩如生。

"这个很厉害啊。"

"这比伊吕波歌还了不起。"

我和母亲不禁异口同声地感叹道。我作为画者，也不得不钦佩白豆上每位七福神的细腻表情。

"父亲以画这个为乐子。"男子说道。

"这可是难得再见到的珍宝啊，快让大家来看看。"

我听了母亲的话，立刻召集家里人观看，又去招呼街坊四邻："某某，有不可思议的东西啊。"

等大家看完了，我用纸把米粒和白豆包裹好，还给那个男子："您能允许我这样给大家欣赏，真是太感谢您了。今天多亏了您，我才能一饱眼福。"

"承蒙您欣赏，我父亲要是知道了，一定很开心。"接着，男子又说，"您夸赞我父亲的技艺，我作为儿子也为他感到十分高兴。那么，作为看这颗米粒和豆子的纪念，先生您能不能给我父亲画个东西呀？我父亲要是看了您的画，也一定会很开心的。"

结果他拿出的是一本大型画薄。

我顿时觉得"上当了"。

虽然觉得被人巧妙地骗了一回，不过米粒和豆子的刻工确实精湛，他也是好心说起父亲的事儿，为了博老人家开心。所以当场——正值秋季，我就在画薄上画了一两片红叶。

男子便拿着画开开心心地回家去了。之后，母亲对我说了这样一席话：

"能在米粒和白豆上把字和画刻得那么好，说明那个人的父亲也是很有本事的人。男子以那些豆米为材料从你这儿拿走画儿，他本事也很大嘛。"

每当我看到大米，想起那个时候的事儿就不禁苦笑——同时又对在大米和豆子上写字作画、巧妙地做买卖感到失落。

有关绘画

回顾自己绘画的历程，有的时期喜欢德川年间的锦绘类题材，并以此为主题作画，有的时期又受中国画的强烈影响。所以绘画风格发生了多样化的变更。

所以，选取的题材也不尽相同，比如明治二十八年第四届内国博览会的展品《清少纳言》，之后的《义贞见勾当内侍》《赖政赐菖蒲前》《轻女悲惜别》《重衡朗咏》，另外，小野小町、紫式部、和泉式部、衣通姬等宫中人物、上腾或女房也是我绘画的对象。另外，我还参考中国的历史故事，画过《唐美人》等。

每个阶段所学的知识对我的画风产生了各种各样的影响，也可以说，我画的那些画既是尝试之作也是练习之作。从儿时起，我学习汉学和历史，都把它们看作修身养性的世界。特别是学到与绘画有关的知识点，我的学习热情会比平日多出一倍，津津有味地记下来了。

我最初师从市村水香先生学习儒学，他开办了私塾，我晚上去那儿朗读汉学经典或听讲义。

当时汉学是绘画的素养和基础，立志从事绘画的人都需要学习。

所以，我的同学都到各自报名的汉学私塾进修。我经常去听长尾雨山先生讲授的《长恨歌》等。

此外，寺町的本能寺也成立了汉学研究会，我还去那儿听了一阵子讲义。

我有时候会跟老师请假，有时候也会因为制作或其他原因分身乏术而旷课，但大体上是学了很长时间的。

除了听课，我还去博物馆。那里的藏品有中国的古画、绘卷物或佛教画，这些都有值得借鉴之处，我还特地带着便当去过奈良的博物馆。

根据学习阶段而转变爱好，从各个角度捕捉形形色色的绘画题材，最后对我个人而言都是绝无仅有的美妙体验。

从年少开始，我就在不断转变研究的内容。回想起来，我研究的轨迹大概是从南宗、北宗到圆山四条派，其间学习过土佐派和浮世绘等，另外又涉猎博物馆或神社佛堂中的宝物什器、市井民家的古画屏风。我从方方面面摄取长处，最终形成了今日独具风格的画风。

花样女子

《花样女子》是我二十六岁的作品，算是绘画生涯中一个划时代的转折点。

那时京都还保留着为新娘画风俗画的传统。我祖父曾在绸缎店"千切屋"当过掌柜，因着这层关系，那家店的店主人拜托我为即将出家的女儿帮忙："小津你既会画画又心灵手巧，能不能帮小女穿穿新娘服，帮忙筹备一下婚礼啊？"我答应了他的请求，过去为他女儿的出阁做准备。在准备的过程中，我画下了花笄、发梳、簪子、扬帽子①等头饰用品和新娘的形象，甚至还画下了在一旁照料新娘的母亲那系在前腰的和服带，这些素材都为后期的创作起了很大作用。

现在，美容院就能给新娘穿礼服、化妆，打理好出嫁的一切事宜。不过，以前都是靠亲戚们来家里帮忙。

让我帮忙穿衣的新娘，羞涩中含着喜悦之情，望着她将自己全权托付给女性亲人的身影，那实在是人生的花样年华。

于是我将眼前的光景摹写到绢布上：新娘羞答答的，带着一丝不安偷偷看着华丽的婚礼现场，一旁的母亲身兼重任，面露紧张的神色。这幅画就是抓住了这样一个瞬间。在明治三十三年举办的日本美术院展览会上，《花样女子》大受好评，还与当时大家的作品一同位列榜单，获得了银奖第三位的殊荣。

这幅画就恰似是我的花样，结出了无比华美的果实。（以下按授奖顺序排列）

金奖 《大原之露》　　下村观山

———————————
①江户时代女性用于防尘的头巾。

银奖	《雪中放鹤》	菱田春草
	《木兰》	横山大观
	《花样女子》	上村松园
	《秋风》	水野年方
	《秋山唤猿》	铃木松年
	《秋草》	寺崎广业
	《水禽》	川合玉堂

恩师铃木松年先生，为比自己名次还靠前的我送来了最衷心的祝词，我高兴得心潮澎湃。

《花样女子》寄托着我青春的梦想，是我终生都不能忘记的作品。

我作为闺秀画家的地位就是从那个时候开始稳固下来。

游女龟游

《游女龟游》是明治三十七年京都新古美术展览会的展品，作于二十九岁。

游女①龟游是横滨岩龟楼里一个粗俗的游女，当她沦落到必须接待外国客人的时候，却展现出了大和抚子的气概，留下了这样一首辞世诗：

露沾大和女郎花

怎堪雨落湿衣袖②

---

①自日本幕府时代开始对日本妓女的统称，因为从业人员在同一个地方待的时间很短而得名。
②原诗的"雨落"为双关语，还指当时如雨落之势来日本的美国人。

她是一位十分有骨气的女子，最后自尽以示日本女性的大和魂。

那个时代，连幕府官员见到美国人或英国人时都要诚惶诚恐地点头哈腰。实施某项政策后，龟游就被迫向那个美国人出卖肉体。

向美国人……！她显示了满腔的大和女子的气概。龟游将日本女子的意气寄托在一首诗歌后，视死如归。她这种宁死不屈的坚强精神，正是当代女人应该学习的。

女子当自强不息——那时的我想通过这幅画，把这番道理告诉世间的女子。

每次读到龟游这首诗，我便想起那位高喊"打倒英美"的水户的先觉者——藤田东湖的和歌：

渡海而来美利坚，乌云掩日暗无光。

天日之邦本灿烂，振臂一挥显神通。

伊势海滨蛮夷近，神风乍起发神力。

涛涛海水洪波起，打倒黑船沉海底。

游女龟游在辞世之诗中展现的气概，完全不亚于东湖攘夷的强烈呼声。

即是说，《游女龟游》这幅作品也是我发出的一声声呐喊。

关于这幅画，我想起了那起展览会恶作剧事件。

因为罕见的题材，这幅画引起了会场的热议，前来观看的人络绎不绝。

然而，有人却对我这个女画家的名声眼红。展览期间，某个品行不端的人竟然瞄准看守的间隙，用铅笔涂花了龟游的脸。

事务所的人发现后，来到我家，只跟我打了声招呼："大事不好了。不知谁在你的画上乱涂乱画。要是这么展览下去也太难看了，就请你趁这早晨来修补一下吧。"他说完，连一点歉意都没有，还摆出事不关己的模样。

看他这种态度，我很是不满意。画游女的时候，我从心底呐喊着："女人当自强！"所以心生愤怒，回答道："是谁干的？能干出这么卑怯行径的人，恐怕对我抱有很大的成见吧。既然这样，就别玷污我的画，他想涂墨，就直接往我脸上涂好了。没关系，那幅画就请这么继续展览下去。偷偷摸摸地修补之类，我可干不出那么自以为是的事来。"

看我是一介女人就小瞧我的事务所工作人员，也被这强硬的态度震慑住了，慌忙就看管不善向我正式道歉。所以，我没有继续追究下去。

在接下来的展览期间，这幅画被一个奇怪的人看中了，没过多久展期要结束的时候，他找到我说想要这幅画。我慎重起见，用黄莺粪便①去除了龟游脸上的污迹，就把画给他了。从那以后就无法判明犯人是何人了。

---

①黄莺粪便中蛋白质含量比较高，便于消除污渍。

焰

在我众多作品中，《焰》是唯一一幅凄婉动人的画。

我所画的中年女子的嫉妒之火——一念涌起，便像烈焰般熊熊燃烧起来。

在谣曲《葵上》中，有一个角色是六条御息所的生灵①，我由此获得灵感创作了这幅画。原本它叫《生灵》，我后来觉得这个题目太过直白，左思右想也没想出好题目，就找谣曲老师金刚岩先生请教，老师说："'生灵'也叫'恶灵'，这幅画如果叫'恶灵'，听上去和生灵大同小异——干脆叫'焰'呢？"

承蒙老师赐教，这个焰字与图样完全相符，所以我决定把这幅画叫《焰》。

画中的女子葵上生活在光源氏时期，但在人物装扮上，我却采用了桃山风格。

执着这种事，如果放在好的方面会催生出炽热的情感，助人顺利完成任务；不过稍有闪失，女人的一念——化身成诅咒人类的生灵，便会顺势产生非常好的结果，或招致完全相反的坏结果。

为什么会画如此凄艳的画？连我自己也百思不得其解。那时我在艺术的道路上陷入委顿，苦苦挣扎、想努力寻求摆脱困境的方法，便将这种执着的心情投入到这幅画中了。

《焰》作于大正七年，是参加文展的作品。

创作这幅画的时候，我居然不可思议地走出了之前的困境，又

①活人的冤魂。

接着画了《天女》。

天之女与焰之女恰恰相反，她温婉可人，向着天上飞舞而去——在停滞不前的时候、工作毫无成果的时候，我断然创造出如此凄艳风格，或许这也是打开局面的方法之一。现在回想起来，《焰》中的人物依然散发出骇人的气息。

序之舞

《序之舞》参加过昭和十一年度文部省美术展览会，在我作品里也是一幅力作。

画中的人物是我认为最理想的女性形象，同时也是最欣赏的"女性之姿"。

这幅画描绘的是现代上流家庭中的闺秀风俗。即使在仕舞里，序之舞也让人感到宁静高雅，因此，我打算以此表现出女性那优美刚毅、不可侵犯的气质。

序之舞是站在固定位置上表演的舞蹈，我选择画二段下[①]的舞姿。

我想在这幅画中表现出深藏在女性心中、不为任何人冒犯的坚强意志。

最终，人物那略带几分古典的、优美端然的情愫便跃然纸上了。

我儿子松篁的妻子种子、谣曲老师的女儿以及我的女学生们都

---

①能乐用语。长调杂子之一，相当于伴奏曲部分。

是这幅画的模特儿。为了构图，我还让种子去找京都最好的盘发师傅，给她盘最高贵的金高岛田，并让她穿上华美的出嫁礼服长袖和服，帮她系好圆带①。

起初设计人物时，我想把扎着文雅丸髻的少妇画成质朴节俭之人。确定好发型后，我就开始写生了。如果模特儿身着短袖和服，在跳起二段舞时，伸直手臂，袖子根本挽不起来。

因为挽起的袖口会划出美丽的弧线，令整幅画充满生机，所以我急忙给模特儿换上振袖，把她打扮成大家闺秀的风格。

发髻的隆起、鬓角的形状、发包的梳理方法，这些稍有笔误，就让文雅端丽之感荡然无存。如此细节只有女人才能懂得，男人是难以理解的。我在画发髻上费了很多心血。

即使是一个艺伎，我也不会把她画得妖冶娇媚，而会画出志气和活力，所以大家都说我笔下的人物多少有些不通人情。

《天保歌伎》（作于昭和十年）就充分体现了这一点——然而也没办法，这就是我的爱好所在。

《序之舞》最终由政府购得。此后我便进入绘画老境，创作出《草纸洗小町》《砧》《夕暮》等纯熟的作品。应该说，《序之舞》是我绘画生涯中又一个划时代的代表作。

夕暮

我的母亲心灵手巧，几乎没有她做不来的。精通书画，擅长裁

---

① 日本女子礼服带子，将带子面料折成两折，放入芯缝制而成。

缝……时至今日，我还珍藏着母亲亲手缝制的和服和外褂之类。

这些都是母亲遗留给我的最宝贵的纪念。

如前文所述，母亲经营的茶铺叫"千切屋"，她常给那家同名的绸缎店老板的女儿做和服。

母亲坐在里屋的客厅，孜孜不倦、争分夺秒地飞针走线，这一缝就缝到日落黄昏。夕阳西斜暮色渐起，母亲好像没有察觉到时间的流逝，依旧一针一针地继续缝衣服。

我担心晚饭没得吃，饿着肚子坐在母亲身后，凝视着她的背影。

母亲忽然放下手里的针。

"快好了，缝完这点就可以收工……光线都暗下来了啊……"

母亲半是自言自语，半是对着身后的我说道。之后，她又立即坐着挪到拉门旁边，把针举到与眼睛持平的高度，右手捏着线头，一只眼睛微微闭合，另一只眼睛静静地瞄准针眼，把线穿到针上……在我年幼的心里，母亲的身影是最专心最神圣的。

时间如白驹过隙，一晃便是五十年。现在我闭上双眼，母亲穿针引线的身影还明晰地映在眼底，久久不能消散。

第四届文展的参展作品是这幅《夕暮》，我通过德川时代的美人表达对母亲的追思，以及我对儿时情怀的缅想。

三位老师

铃木松年先生

对我而言，铃木松年先生是我人生的第一位老师，他像养父一样，从我蹒跚学步时起就手把手地教我如何走路，直到我能够独立行走。他对我有栽培之恩，是一位良师。

松年先生的画风是扎扎实实的四条派，用笔之类也很讲究，他画画常用狸毫笔。

先生绝不使用刷子。他曾对我说：像刷子那种画工艺品的笔，不该是艺术家用的。画家只能用毛笔画画。需要用普通刷子时，他也不用刷子，而是将三四支毛笔并排握在手中，进行大面积的铺色。

我见过先生用苍劲有力的笔致作画，他握紧笔杆，连指尖都用上力气，一副用蛮力干活的样子。还时常因为用力过重，画着画就把纸捅破了。

我经常为先生磨墨。

先生的画风粗犷，有其师必有其徒，他的弟子做起事来也自然粗莽。以致磨墨的活儿，我们也干得大开大合，磨出来的墨汁粗糙，一点也不细润。

先生说："只能让女孩子磨墨。"所以只有磨墨是女弟子负责。

先生的画室里有一大张矮桌，桌上总是叠放着几张联裁①的唐纸。

他在桌前落座后，便从纸沓的最上面拿过一张纸，从下往上画，将岩石、树木、流水、行云一气呵成。

用浸满水或是蘸足了墨的毛笔，在纸上纵横几下，瞬间就把纸画得湿漉漉的。然后再在画上铺一张废纸，把它们嗖嗖地卷成一个纸筒放到一旁。

接着，他在下一张纸上迅速起笔，画其他趣向的题材。不一会儿的工夫，纸又被墨浸湿了。像方才一样，他还是把画好的画和废纸卷在一起。

这种画，他一天能画出五六幅来。第二天取出晾干的画纸补画一番，纸又瞬间被他画湿了。然后再放置一天……大约这么反复画上五天，最后，一幅幅苍劲有力的完美画作都在迥然不同的构图法下成形了。

之后，我再也没见过有人像先生那样豪迈地画画。

---

①又称四三裁。宣纸、花纹纸等整张纸的四分之三大小的纸，亦指写在上面的书画作品。

同样，先生也极度讨厌比照着现成的器物，勾勒物体的轮廓。

比如画一轮圆月，他也是攥住一支粗大的毛笔，用腕力一挥而就。

在当时的京都画坛，今尾景年先生、岸竹堂先生、幸野梅岭先生、森宽斋先生等人都已自成一家，但是景年先生之类依然要用圆圆的盖子、盆子或盘子比照着，才能画出月亮。松年先生是绝对不用那些辅助工具的。

"别人怎么做我不管，反正我是坚决不用那种画法。"

先生经常这么说。他强调，画家终归一心一意地运笔画画。

因为先生是这种脾气的人，他对事对物从不固执己见，有颇为豪爽的一面。

每月十五日，铃木百年与铃木松年两社合并召开每月的例行大会，地点就选在圆山公园平野屋附近的一处叫"牡丹田"的高级酒家，每个弟子都拿着自己的得意画作给先生过目。先生逐一查看，指点的方式也很粗野：

"这条线的力道不够。"

"要往这儿涂色。"

百年先生虽然不是我的老师，但在两社一同举办的大会上，我们俩经常见面，他教会了我很多绘画技巧。那时候，因为田能村直入等让明治年间的南画——人文画蓬勃发展，在我的记忆里，百年先生也受此影响，他的画中多多少少也带了些南画的风韵。

松年先生还在画院任职期间就与其他老师不一样，他做事豪放磊落，貌似在学校里也与任教的老师有几分龃龉不合。

然而，这样的松年先生却大受学生喜爱。

豪爽的性情中饱含浓浓的人情味，又气度非凡，努力向世人推举自己的弟子。

那时的绘画界，师徒关系非常亲和，都相处得像父子一样。

先生有个坏习惯就是经常用鼻子发出哼哼声，而且走起路来，木屐总是嗒啦嗒啦地响个不停。

不知何时，弟子们也从鼻腔里发出哼哼声，脚下响起趿拉着木屐的动静了。而我也不知不觉地染上了这些毛病。

于是，私塾的弟子们和先生一起走路时，五六个人都同时发出"哼哼嗒啦嗒啦、哼哼嗒啦嗒啦……"的声音那情景着实热闹。

虽说是师徒关系，弟子学到这个份儿上，才体现出为师为徒的情深意切吧。

当然，弟子必须掌握老师传授的绘画知识。之后就要靠弟子自己的天赋了，资质好的人能学以致用，把所学知识作为踏板，开创属于自己的画风。

先生经常这样教导我们——

你们一定要跻身老师的行列，但安于那个水平，你们就不能青出于蓝而胜于蓝了。

在松年的画塾，有一位叫斋藤松洲的学监。这个人是基督教徒，穿着打扮时髦，文采斐然，而且书法比绘画还要厉害。

他到处做演讲、高谈阔论，后来背着书箱上京去了，结交了红叶山人等好友，以俳画①闻名。他也擅长书籍装帧。

现在我还保留这一张他为我画的速写，每当想起松年先生的画塾，我也会想起这位学监。

先生在大正七年辞世，享年七十岁。

他是日本画坛举足轻重的存在。

幸野梅岭先生

在松年先生的私塾上学期间，我经历了种种事情，觉得自己应该见识更广阔的绘画世界。比如传统流派，我为了掌握其他流派的绘画技能，求得松年先生的许可，去了幸野梅岭先生开办的私塾。

梅岭私塾位于京都新町姊小路，当时幸野梅岭这个人，与其说是在京都画坛，不如说在整个日本画坛的都是重要人物，享有帝室技艺员的最高名誉，其门下还有早已跻身大家之列的弟子。

我就这样加入到了优秀的行列，仅作为一名女性画家刻苦努力研究绘画。

门下拥有菊池芳文、竹内栖凤、谷口香峤、都路华香等一流画家的梅岭先生，宛若一轮朝日，称雄京都画坛。

---

①日本画的一种，风格滑稽、轻妙、脱俗，画者主要是俳人，画作上通常写有俳句。

虽然同属四条派，松年先生画风素雅、笔力雄浑，而梅岭先生用笔轻柔，所绘的画富有华美风格，画面艳丽秀美，让人赏心悦目。

师从这两位风格截然相反的老师，我又产生了苦恼。

本想学习梅岭先生的画风，可画出来的画总带着松年先生的粗糙感。柔和华美的手法与雄浑素雅的画风在心中混淆，让我怎么也画不好画。画出来的尽是浮躁的画。

梅岭先生必定不喜欢那种不纯粹的画。所以，他总是板着脸对我说：

"这样可不行啊。"

我心里着急，越想逃脱松年先生的画风，就越画得混乱。

陷入一时困境的我，差点放弃画画。甚至怀疑自己是否有画好画的才能。

然而有一天，我忽然想到了松年先生的一句话——入师而后出师。

原来如此……从那一刻起我便有了自信。

从松年先生和梅岭先生身上各取其长，再好好利用自己的优点，勤勉钻研，努力创出属于自己的画风。

悟明这些道理，我在第二天便脱胎换骨，走出了死巷。

我再次享受着绘画带来的快乐。正是从那时开始，两位先生的长处与我自己的长处融汇为三股力量——松园画风便确定下来了。

梅岭先生对门下的弟子非常严格，连画姿都严加管教，弟子稍微懈怠一点都会被教训。老师有一句名言："身姿若不端正，怎么能画出端正的画？"

梅岭先生于明治二十八年二月辞世。

我与先生的缘分尚浅，入私塾第二年，我就不得不直面先生的离去。他就像一道巨大的光芒从我生命中消逝了。

在我二十一岁的春天，先生与我永别了……

然而那时，我差不多已经掌握了自己的画风，他的去世确实让我悲伤，却没有带来精神上的强烈冲击。

就在我能好好地画的时候，却再也不能让先生看到我的画了，这真是人生的一大憾事。

先生去世后，其门下的弟子经过商讨，分散到梅岭四天王——菊池芳文、谷口香峤、都路华香、竹内栖凤四人的私塾中。我与另外十几个弟子一起选择了栖凤先生的私塾。

竹内栖凤

梅岭先生、松年先生相继离开我之后，在去年秋天，最后一位恩师竹内栖凤也与我诀别了。

毋庸置疑，竹内栖凤的辞世给日本画坛带来的打击，比痛失梅岭与松年这两位大家的总和还要大。

纵观日本绘画史，恐怕鲜有画家像栖凤先生这样，能在迄今为止的日本画坛中占有如此重要的地位。

说京都画坛的大半画家都出自栖凤先生门下也不为过：

桥本关雪、土田麦仙、西山翠嶂、西村五云、石崎光瑶、德冈神泉、小野竹乔、金岛桂华、加藤英舟、池田遥邨、八田高容、森月城、大村广阳、榊原苔山、东原方仙、三木翠山、山本红云。

"栖凤先生的伟大之处是什么呢？"如果有人这么问，你大可举出上述门生的名字。

对方听后一定恍然大悟。我认为先生是从古至今日本史上伟大的画者。

先生常常教导我们——要写生啊、要写生啊。

他曾说过，画家每一天都得拿起写生的笔画一张画。而他自己也是寒来暑往画笔不停，每日坚持写生。

晚年，他基本上住在汤河原温泉。据说，他直到七十九岁去世的前一刻，还在画写生。

跟先生的写生相比，像我这样整日为缩图、速写奔波所画下的画根本算不上什么。

入塾的时候，先生门下有很多技艺精湛的画者，我下定决心"这次必须好好努力"。嫌盘发浪费时间，就连头发也不好好盘扎，随便用梳子绾起头发了事，一心一意学习先生的画风，画先生制作品的缩图。

不愧是传闻说的那样，在先生私塾写生特别烦琐，弟子要经常带着便当去很远的地方画画。

我虽然是女生，却不输给同门的男生跟他们一起参加写生之旅，还在目的地过夜。

栖凤先生也是严格的人。他作为梅岭门下四天王的领军人物，深受梅岭先生严谨的作风影响，也是一位不输给梅岭先生的正直之人。

但是，栖凤先生还有体恤门生的一面，他在公布自己的大作之前，经常允许我们画一画缩图。不得不说这体现了先生非凡的气度。

栖凤之前既无栖凤，
栖凤之后再无栖凤。

——不知是谁说过这番话。每每听到这句话，我便颔首赞许。

听说要制作关于栖凤先生的人物传记电影了，我很期待这部电影会怎样刻画栖凤先生的一生。

谣曲与绘画题材

我笨嘴拙舌，在所有兴趣爱好里却偏偏最喜欢谣曲[①]。

很早以前，我就跟从金刚岩先生学唱曲，不过到现在也唱不好。大概是自我要求不严格，没想把谣曲唱好吧。所以我是十年如一日，唱曲的功夫一直没有长进。

唱谣曲时，就感觉有一阵凉爽的风清洗了身心，整个人都会变得轻盈起来。

谣曲里也有正确的道义观念，人应当走的正途，培养尚武刚气的气节，或强调贞操观念……总之，谣曲吟诵的都是有品位、格调高的内容。唱曲时要小腹用力，提高声音，发出高亢的歌声。所以，这种唱法当然能净化唱曲人的身心。

谣曲描绘的事象差不多都能拿来当绘画的题材。

如果故事没有深度，作曲人是不会把它演绎成谣曲的。因此，

---

①特指能剧的剧本。

我将谣曲的内容嫁接到绘画里，画的格调也会随之变高。

大概是我个人很喜欢谣曲的缘故，在作品中有相当多的题材都来自谣曲，比如《砧》《草纸洗小町》等。

虽说有最适合当绘画素材的谣曲，但那也不是指文字记录的台本。大多数情况，我都是从那格调高雅的能乐的面具中获得了灵感。

人们常把面无表情、喜怒哀乐不形于色的人的脸比作能面具，但是著名能乐大师一旦戴上这种无表情的面具，在一举手一投足之间就能将艺术表情表达得活灵活现。

我的谣曲老师金刚岩先生，以及其他演绎大师们所佩戴的面具都是那么生动。观看他们演出的过程中，我常常发出疑惑"那个还是能面具吗？"能面具恐怕已经不再是区区一个表演道具，而是幻化成了一个活生生的人的脸庞。

草纸洗小町

《草纸洗小町》是参加昭和十二年文展的作品，我从金刚岩先生在能乐舞台表演的舞姿中找到了这幅画的灵感。

在古今能乐表演中，金刚先生饰演的小町都称得上是无以伦比的优秀角色。红晕不知何时悄悄地爬上了小町的能面具，我看着看着，竟觉得那不是一张面具而是绝世佳人小町本人的面容，楚楚动人。我看得如痴如醉，仿佛置身梦境一般。

"如果把眼前小町的鲜活面容画下来……"

有了这种想法后，草纸洗小町的构图就顺利成型了。

很久很久以前，宫中举办了一场和歌竞赛，小野小町被选为大伴黑主的对手。

因为小町是个善作和歌、名噪四方的女子，黑主认为绝不能在第二天的比赛中输给对方，便在当天夜里悄悄潜入小町的府邸，偷听到了她独自吟诵的参赛和歌。

宫中赐予小町的歌题为《水边草》，小町便作了这首：

> 无人莳草种，浮草何处来？
> 依水随波流，片片连垄间。

坏心肠的黑主暗暗记下来，回家后就把小町要参赛的这首作品当成无名氏的和歌，写进万叶集的草纸。翌日，他便若无其事地来到清凉殿参加比赛。

参赛的人尽是和歌界一骑当先的名家，凡河内躬恒、纪贯之、右卫门府壬生忠岑、小野小町、大伴黑主等。终于轮到小町公布作品了，天皇和在场的人听后连连叹服，纷纷夸赞没有哪首和歌能出其右。就在这时，黑主提出异议："小町抄袭了古代诗歌。"还说小町所作的和歌其实出自《万叶集》，并当场拿出了提前准备好的草纸当作证据。

小町进退维谷，叹息不已。忽然间，悲伤万分的她发现那张草纸的字迹不仅潦草，墨色也大有问题。她便向天皇申诉，得到天皇的允许后，立时用水冲洗草纸，结果《水边草》这首和歌便从纸上消失得干干净净。小町这才得以在危难时刻免受冤枉。

在精彩的能乐表演中，当小町被黑主控诉抄袭时，她无助地跳起慌乱的舞蹈，这段狂言表演特别出彩。而演绎者金刚先生精粹的舞姿，简直堪称神技。

触发我构思出具有不屈不挠精神的小町冲洗草纸的画面的，就是金刚先生那出神入化的艺术表演。

我的草纸洗小町，也就是仅仅把金刚先生佩戴的小町面具换成了一张生动的人脸而已，模特儿是先生，所以这幅画的素材就来自先生的表演。

砧

> 敝人是九州芦屋人。因为有事诉讼遂离家赴京，可这一走便是三年整。心下惦念家中之事，欲遣侍女夕雾回乡探望。夕雾，我放心不下家里，想让你告知夫人：我于岁末必归……

在谣曲《砧》的开头，夕雾接受男主人的委托，返回筑前国芦屋的家中，她与夫人相见后，转告男主人的话。

在这三年间，夫人独守家中等待丈夫回家，可等来的不是丈夫而是侍女夕雾，她十分失落，但是，至少还有心爱夫君的消息聊为慰藉。夕雾向夫人讲起京都的故事，男主人的辛劳。其间忽闻喤喤喤之声，这奇妙声响打破夜晚的寂静。夫人不禁疑惑：

"哎，真不可思议。你听到什么了吗？那是什么响声？"

"是乡人在捣衣击砧。"

"原来如此，现今的境况让我想起一则故事。唐土曾有一人叫苏武，他滞留胡国期间，家乡的夫人和孩子挂念他寒夜难眠，便登高楼击砧。许是心心相印，万里之遥的苏武竟在旅枕上听到了来自故乡的砧声。妾亦想解忧，寂寞怎堪扰。击砧捣绫衣，消解心中愁。"

"不，捣衣击砧乃是下等人的活儿，然而夫人想解忧，我便为您准备砧去。"

就在这一问一答之后，夫人将自己的爱情注入到幽怨的砧上，敲击出清脆的响声，她希望这砧鸣能传到远在京都的丈夫的心中。于是，夫人的思念化作一团烈火，她的灵魂飞向了丈夫身畔。我试图将这家夫人思念丈夫的贞洁形象画到《砧》里。

妇人将思念深深地埋在心底，用一张小小的砧寄托宛若地热般喷涌而出的爱情，清脆的砧鸣飘向千里之外，欲扣动丈夫的心房。从敲击砧的姿态中，是不是能洞见日本女性那温柔的身影呢？

无法言说的爱之焰从心底燃起……正因为怀抱着这团思念的火种，敲打出喤喤喤的声响才让人体味其中的哀哀切切吧。

我画的《砧》是捕捉了夫人起身走到夕雾准备好的砧石旁，正要坐到座位上的姿态，她的身姿端庄美丽。

《砧》参加了昭和十三年的文展，是在《草纸洗小町》之后画的。

谣曲没有严格的时代界限，所以我把砧的女主人公放在了元禄[①]时代的背景下。

要表现将爱情之火深藏心中、叩敲砧板的女子形象，我觉得元禄女性最适合不过了。

---

①日本江户时代初期的年号，指公元 1688—1704 年间。

花筐与岩仓村

《花筐》是第九届文展展出作品，画于大正四年。

从各种意义上看，这幅画在我为数众多画作中也算得上是一幅大作。现在我还记着关于这幅画的种种回忆。一想起那段研究狂人的日子，心里便涌起了一股奇妙的感觉。

这幅画和《草纸洗小町》《砧》一样也取材于谣曲，灵感来自一出狂言剧，表演者佩戴了一张极其美丽的舞台面具。

传说谣曲《花筐》是世阿弥的作品，不过是真是假，目前还没有定论——

这个故事发生在继体天皇年间——生于越前国味真野的大迹部皇子，后来继承皇位成为继体天皇，在进京前，他赐给最宠爱的女人照日前一封书信和一个纪念物花筐——照日前拿着花筐追随天皇而去，在赶到玉穗都时，她恰好得知这里是天皇行幸赏红叶的必经之地，于是决心在路边恭候。

天皇见到路边那个身影顿生怜悯之心，又思念起故乡越前国，遂宣旨让女子跳一段舞，照日前遵旨，在天皇面前跳起狂人之舞。因为这段舞蹈，照日前能够再次侍候天皇。

这就是谣曲《花筐》的故事梗概。在能乐表演中，照日前身着华美衣裳，佩戴表现狂人表情的面具，这张面具凄美得简直无法用言语形容，散发出让人窒息的氛围。

我虽然想画照日前的舞姿——狂人狂乱的姿态，却遇到了一个难题，那就是我根本不了解狂人。

我也看过《阿夏的疯狂》中女主人公精神失常的片段，阿夏如"欲火中烧"般疯癫乱舞，舞姿不像《花筐》那样能让人体会到"优雅典雅的疯狂"。

同样是在舞台上表现疯狂之态，阿夏和照日前却有很大的差别。

戏剧与能乐狂言的表演性质不同，所以呈现出来的舞台效果也就不可能相同了——话虽如此，我还是觉得对一个画者而言，与阿夏相比，能乐狂言里照日前的疯狂舞姿更难画。

阿夏跳的是疯疯癫癫的舞步，而照日前谨遵圣旨，"装疯卖傻"地故作轻狂。由此，就能清晰地看出阿夏与照日前的狂态差异。

有人建议我：你要想看见狂人，可以去岩仓村。

位于京都北部山坳的岩仓村精神病院，是关西地区一流的精神病专科医院。一流精神病院的说法听上去有些奇怪，总之，京都的岩仓医院很有名气，与东京的松泽医院齐名。

到了岩仓肯定能看到狂人，但能不能找到一位最理想的美丽狂人当作照日前的模特儿呢？

我正疑虑着，又得知："某家的小姐正在那家医院静养，她非常漂亮，很符合那个角色。"便下定决心与狂人一起生活几日，在某日动身去了岩仓村。

我到那儿见到了所谓的狂人，有的人安安静静地坐着，有的人正老老实实地埋头做什么事，我简直不敢相信自己的眼睛："这些就是狂人吗？"感觉他们与正常人别无二致。

从外观——五体上也难以看出他们与常人的区别，不过我走近仔细观察，还是发现他们的手指有些不寻常。

"果然是有些精神失常。"

喜欢下围棋的人、喜欢下将棋的人正在两两对弈。远远望过去，大家都一副威风凛凛的架势，下棋的姿势很是端正。我走上前观战，才发现了问题。他们让王将斜着走，吃掉敌人的飞车，又让桂马跃过三四个敌驹、深入敌人腹地，心安理得地杀掉王将。

即便将一方的王将困毙，这盘棋也没有结束。虽然是完全没有规则的下棋法，他们对将棋的兴趣却犹如泉涌般源源不断。从早到晚——不，到了第二天、第三天，他们也硬生生地拿回被吃掉的龙马，重新摆到棋盘上，玩得津津有味、不知厌倦。

一开始看他们玩得不亦乐乎，我觉得那都是在胡闹。不过在接下来的日子里，他们依然日复一日地在棋盘上厮杀，这种表象不得不让人产生怀疑：没准儿，这是只有他们才通晓的将棋规则呢。

这么一来自然会觉得，狂人的棋技岂不是很高超的吗？比起循规蹈矩地在棋格上一步步挪动龙马，想让龙马跳到哪里就跳到哪里的自由玩法更有趣。毫无迟疑地让龙马驰骋沙场，一会儿干掉敌人的王将，一会儿又杀对方个片甲不留，就这样，狂人能把一盘棋从早玩到晚。在无拘无束的作战中，一方把对方的马棋子吃掉，对方再把马棋子夺回来……

如果将棋里没有"马走日"的规定，他们一定是普通人而不是"狂人"。

啪嗒啪嗒地把马棋子落到错误的格子上，还看着其他病人，说道：

"那些家伙一个个神经错乱，不能和他们一块下棋。"

狂人一定不认为自己是狂人，而且看谁都像狂人。

狂人的脸与能面具近似。

大概是狂人的面部表情呆板单一，我才觉得他们的脸长得像能面具吧。

不论是在开心的时候、悲伤的时候，还是愤怒的时候，他们都不表现到脸上。

想来，人失去了"情感"的自由，内心也感知不到喜怒哀乐吧。

若是生起气来，狂人是用肢体动作发泄，却极少将怒气表现到脸上。发现这点狂人的特征后，我就从能面具中找到了照日前的脸。

虽然《草纸洗小町》也借用过能乐表演，但是画狂人的脸和临摹能面具貌似没有太大差距。

能乐《花筐》原本使用的是小面①、孙次郎②，因此观世流戴的是若女面③，宝生流则戴增面④。经过综合考虑，我最后照着增阿弥的十寸神面具写生，再将这张写生的面具誊绘到有血有肉的人——照日前的脸上。

通过把能面具与狂人的脸恰如其分地结合起来，我就画出了满意的画作。

狂人的眼眸中闪烁出不可思议的光芒，眼神总是投向空虚的方向。他们的视线，当然也像普通人那样移向说话者——至少，他们觉得自己是在看着对方。然而当我们跟狂人说话时，却感觉不到他们投来的视线，他们看起来只是盯着旁边的空气发呆。

从岩仓村回来，我就请祇园的舞伎散乱头发、摆出各种姿势，还请甲部的艺伎跳狂乱之舞，画下她们的动作当作参考。不过，连日来观察真正的狂人的举止行为才是参考的根基，一想到这儿，我就感慨不论做什么事，了解其中的奥秘——实事求是才是最关键的环节。

顺便一提，搞艺术创作，如果创作者仅仅根据想象是难以取得丰硕成果的。

①能面具之一，代表最年轻的女性，表情可爱美丽。
②能面具之一，代表相貌温和的女性。
③观世流，日本能乐流派。若女，能面具之一，《熊野》《松风》的主角等高雅年轻的美人使用。
④宝生流，日本能乐流派。增，能面具之一，用于《羽衣》《葛城》等带有神性的女主角。

对母亲的追慕

　　对于不知道父亲长相的我而言，母亲是"既当爹又当妈"，把我抚养成人。

　　我的母亲在二十六岁，年纪轻轻的就成了寡妇。

　　她的性格比别人顽强一倍。如果不强大起来，她怎能抱着姐姐和我这两个幼小的孩子，自力更生呢。

　　我大概也遗传了母亲那股比男人还要强的脾气。

　　这股不服输的精神也支撑着我与世间惊涛骇浪抗争到底，独立自强。

　　当时母亲刚送走父亲，亲戚就为母亲和我们姐妹俩的后路做打算：

　　"你一个女人家独自拉扯两个孩子，也没法好好照顾生意。要不把老大送去当长工，这样还能减轻负担。"

　　"再去领养个儿子吧——"

不过，要强的母亲却断然回答道："只要我努力干活儿，怎么都能养活我们娘儿三个。"

她没有食言，为了我们家竭尽全力。不论什么时候，她都不乞求亲戚的援助，而是独自努力着。

如果母亲当时听从了别人的建议，就不知道我此刻还能否专心致志地绘画了。

家庭危机一触即发之际，母亲表现出了果断勇敢，她那坚强的意志以及对子女的深厚母爱，正是令人崇敬的"母亲的姿态"。每当我想起母亲刚毅的面影，心中便充满感激。

我家是做茶叶生意的，店铺里有一处专门干燥茶叶的大焙炉。

茶叶潮湿，就容易发霉败坏，所以要过火除去水分。但焙茶的火候不好把握。

小时候，我只要在夜里醒来就能听到店头的烤炉边传来咔嚓咔嚓声，原来是母亲在炒茶叶。香喷喷的茶叶味儿趁着夜色飘荡到寝室，缭绕在我的鼻尖，我一边闻着香气，一边迷迷糊糊地坠入梦乡。

一片片鲜嫩的茶叶渐渐被烘干，不断发出啪啦啪啦声，听上去就像是树叶从枝头落了下来……

在我十九岁那年，隔壁发生火灾，无情的大火也把我家烧得精光。

大火迅速蔓延到我家后，我们仓皇逃出来，连搬东西的工夫都没有。我花心血画下的缩图、绘画参考资料等都被大火无情吞噬了，那时我脑袋里一片空白。

母亲一点也不可惜家财和衣物的损失，却十分心疼我的画作之类：

"衣服啊、家具啊，这些只要赚了钱就能买回来，但是你的画就再也找不回了，你也画不出一模一样的。太可惜了！"

听到母亲如此感慨，我就再也不为化成灰烬的画和资料感到遗憾。

母亲的这番话，不知让我获得了多大的力量，让我多么开心。

然而这场火灾并没有打倒母亲，举家搬到高仓的蛸药师后，她一边开茶叶铺一边照顾我和姐姐。就在乔迁的那年秋天，姐姐风风光光地出嫁了。

于是我和母亲开始了二人生活，她一如既往地努力工作，还叮嘱我：

"你不用操心家里的事儿，专心画画吧。"

每当看到我认认真真地画画，她就一个人悄悄地高兴。

多亏了母亲，我才能过上衣食无忧的生活，把画画视为自己的生命与人生的依靠，才能跨越绘画道路上的一道道险阻。

母亲养育了我，甚至也孕育了我的艺术。

只要有母亲在身边，我就觉得很幸福，就算失去整个世界也不可惜。

我也从没旅行过。因为我怎么也舍不得留母亲一人在家，独自在外住宿。

所以对我而言，昭和十六年去中国可以说是人生第一次旅行。

那是在我十岁左右的时候。

有一天，母亲去了三条绳手的亲戚家。我们姐妹俩就在家里等着母亲回来，但是左等右等也不见母亲的身影，我特别担心，就拿着伞从奈良物町出发，走四条大桥去迎接母亲。那天晚上飘着雪花，冷极了。

年幼的我一边走一边想哭，终于来到亲戚家门前，恰好赶上母亲走出来。

我带着哭腔喊出一句："母亲。"

"噢，来接我回家吗？哎呀哎呀，这么冷你怎么来了。"母亲说着，捧起我冻僵的双手，一边哈气一边揉搓。我的眼泪顿时扑簌簌地滚落下来。

母亲的眼里也泛着泪花。虽然是再寻常不过的光景，我却一生都难以忘记。

在我制作的画里，着力表现"母性"题材的画相当多。每一幅都是我为追思母亲所绘。

母亲去世后，我在房间里挂起一张母亲的照片。我和我的儿子松篁在旅行出发前和回来后，都一定到这张照片下面问候一声：

"母亲，我出去了。"

"母亲，我回来了。"

就连参加文展或其他画展的作品送出家门之际，我也要先把它们摆到母亲的照片前，给她看一看：

"母亲，我这次画了这幅画。——您觉得怎么样？"

四条通附近

在四条柳马场一角，有一家叫"金定"的蚕丝批发商店，这家的媳妇名叫"阿来"。

虽然她把眉毛剃掉了，可我每次见到她，那双眉都泛着楚楚的青色。

皮肤白皙、秀发浓密，后脖颈修长，阿来真是个十足的美人。

除了我的母亲，我还没见过拥有如此秀美灵动的青眉的女子。

和果子店的小岸也长得很漂亮。面屋的小亚则是附近出了名的美人。面屋其实就是卖人偶的店铺。小亚虽然是她的本名，但大家还是管她叫"阿亚"。阿亚舞跳得好，尤其擅长用扇子表演。她跳的八面扇子舞之类，连演员都无法模仿，所以很受欢迎。

小亚的母亲弹得一手好曲，小亚经常伴着母亲弹奏三味线的旋律，翩翩起舞。夏天太阳刚落山，从店头还能清楚看到店里的时候，人们便站在路边观赏她在屋里练习舞蹈。

小町的唇脂店位于我家附近。

那时，唇脂是刷在瓷碗里卖的。小町的女孩们都拿着容器去买唇脂。

这家店有一个漂亮的女儿。她坐在账房里，裂桃发型包裹在绯红的绢布里。

有客人来买货，她便娴熟地把唇脂刷到瓷碗里。去她家的客人也大多是盘着鸳鸯髻或岛田髻的秀丽女子。说起小町的唇脂，我脑海里总是浮现出店头那一道亮丽的风景。

女子涂唇脂的动作也飘逸出一番难以言说的风情。她们先用细细的唇脂笔将瓷碗里的彩色唇脂溶解、调匀，把上唇涂上淡淡的一层，下唇要涂得浓艳一些。

那时小町的市井中还依稀可见江户时代的街巷遗风，让人格外怀念。

早几年（昭和九年），帝展作品《母子》就表达了我对往昔时光的追忆。也可以说那幅画描绘的是我内心深处残存的眷恋。

这一系列的风俗画，仿佛是我一个人才能描绘的世界。

所以，我还有很多想画的内容，只要今后有机会，我会一幅一幅地全部画下来。

每当看到社会急速发展，我就更想为后人描绘从前的风土人情了。

那时住在京都的人安分守己，心地善良……

如果要求现在的人安安静静地过日子，貌似是不可行的，但我希望人们至少要保持和善。就算从这个美好的愿望出发，让现代人欣赏画纸上那些善良的人，也算是"画笔报国"吧。

孟母断机

"其父若贤，其子为愚者者非罕也；其母若贤，其子为愚者者古来罕也。"

我每次想起《孟母断机》这幅画，便会联想到一代儒者安井息轩先生这句话。

嘉永六年，美国的黑船来到日本以后，息轩先生便写下《海防私议》的头卷，围绕制造军舰、海边筑堡、储备粮食等进行深入探讨——在遥远的嘉永年代呐喊出了今日之重大问题。另外他还著有《管子纂诂》《左传辑释》《论语集说》等诸多作品。我相信先生写过那么多书，当中也没有哪句训言能超越那句话。

作为儿童教育者，没有人比母亲更适合这个角色。这句话让人深切地体会到母亲责任的重大。

正如息轩先生的名言所言，贤良的母亲教育不出愚笨的孩子。

毫不夸张地说，自古以来名将的母亲、伟大政治家的母亲、卓越伟人的母亲，无一不是贤母。

无一例外，孟母也是一位高明的母亲。

孟母认为将自己的儿子孟子培养成才是母亲的最大义务，将儿子栽培成栋梁之材就算是为国家效力。

由此足见孟母的一片良苦用心。

孟子小时候，和母亲居住的房子离墓地很近，他就和小伙伴一起玩丧事祭拜。

孟母看到孟子玩的游戏后觉得孩子学坏了。常言说"三岁看老"，如果小孩从早到晚一直学人家办丧事，恐怕对他未来的发展不利。

孟母意识到这一点，立即带着孟子将家迁到很远的地方去了。

但这次是搬到集市旁边，孟子又很快去学商人做买卖，和邻居家的小孩张口闭口就是买货卖货。

第三次搬到学校附近。孟子有模有样地学起读书写字，还学会了打躬作揖等礼仪。

孟母这才第一次舒展愁眉，决心在此地常住下来。

这便是著名的"孟母三迁"的故事。在孟母苦心的教育下，孟子长大了，母亲决心送他去外地学做学问。

但是年少的孟子十分思念家乡的母亲，就在某一天忽然回家了。孟母正在织布，看到孟子回来很高兴，但下一秒就立刻端正态度，关切地问他：

"孟子啊，你的学问做好了吗？"

孟子一听母亲的问话，就撒个小谎：

"是的，母亲。学的内容跟从前一样，我再学也是白费力，所以就不学，回家来了。"

孟母听了，立刻拿起身边的刀割断辛辛苦苦织到一半的布匹，教训孟子：

"你看这断裂的布——就像你半途而废的学业，结果是一模一样的啊。"

看到母亲没日没夜织出的珍贵布匹还没完工就被割断了，孟子的内心无比愧疚。对母亲的歉疚之情，猛烈地震撼着未脱稚气的孟子。

孟子当场认错，为自己禁不住思乡之苦而道歉，然后返回去继续学习。

几年后，孟子成长为天下第一的学者。如果没有母亲当时的严厉训诫，孟子恐怕不能获得如此成就。

这真的是：贤母，国之宝也。

我画《孟母断机》是在明治三十二年。

当时我跟从市村水香先生学习汉学，从他的讲义里听到了这则故事，我很受启发，执笔创作了这幅画。它与《游女龟游》《税所敦子孝养图》等一脉相承，都属于训诫画，现在依然是我怀念的一幅作品。

"父若贤，其子为愚者者非罕也；母若贤，其子为愚者者古来罕也。"

现在的日本妇人，都应该好好体会安井息轩先生说出的这句千古不灭的金玉良言，并秉承着孟母的精神，去教育后代。

——每每想起孟母断机的故事，我总会生出这番感悟。

轻女

在很多关于忠臣义士的故事中，恐怕再也没有哪个女性人物像轻那样背负着美好却哀伤的命运了。

轻在二楼拿出小镜——由这句通用语联想到轻女形象，我没有产生亲切感。轻是京都二条寺町附近的二文字屋次郎左卫门的女儿，她在深闺中长大，贤良淑德，浑身散发着京都女孩温文尔雅的气质。

大石内藏助为了迷惑吉良派的监视，隐居在山科，整日与花鸟风月为伴悠闲生活。但是他知道，仅仅这么做还远远不能让吉良放松警备，于是从在元禄十五年的春天起，他就日日饮酒烂醉，去祇园游玩，假装过着自甘堕落的生活。最终，他最爱的贞淑美丽的内室也离他远去，回到了丰冈的石束家。

之后，他的同伴们也没参透他的真实意图，对他游廊戏女的行径忍无可忍：

"干脆给他纳一个侧室，他就不会再这么乱来了。"

他们拜托拾翠菴的海首座，把在二条寺町的二文字屋次郎左卫门的女儿轻派给了内藏助。

轻在当时盛产"京美人"的京都，也是大家公认的美人。

内藏助得知此事，欣喜之情自不必说。

"把正室和孩子抛弃到丰冈的乡下，就是为了迎娶这个女人。"

随着流言蜚语越传越广，吉良派对内藏助的警备渐渐松懈了……内藏助的深远计划起效了。

内藏助深爱着轻。

然而，没过多久秋天来了。内藏助终于决意东行，驱赶轻回娘家。

即便面对最爱的女人轻，他也没有吐露半点深谋远虑。但轻已经觉察到内藏助内心想法。

在东行的前一天元禄十五年十月十六日，内藏助去紫野的瑞光寺参拜，双膝跪在主公的坟前，以头抢地发誓要报仇雪恨。他又去拾翠菴拜访海首座，聊完天已是黄昏，他便前往二文字屋。

以为今生再也不能见到内藏助而万分悲痛的轻，看到他来了，心里不知有多高兴。然而，相聚的时光总是短暂的，第二天很快到来了。内藏助撒谎道：

"我接到冈山之国的家老池田玄蕃大人的邀请，要去冈山了。"

轻和二文字屋听了都非常失望。

二文字屋对内藏助依依不舍，为他准备了佳肴美酒。内藏助毕竟有武士的侠肝义胆，只觉胸口发烫。

轻闷闷不乐地拿着铫子①为内藏助斟满饯别之酒。

内藏助端起酒杯，若有所思地说道：

"轻女，为我们的小别弹奏一曲……"

他提出这样的要求，却还让悲伤欲绝的我弹琴……轻不明所以，但既然内藏助想以一曲歌饯行，她也没有拒绝："那么，我就拙奏一曲。"说完，轻取来心爱的古筝，用十三弦弹奏松风。她思考接下来要弹的曲目，最后决定将心声寄托到琴弦上，悄悄为内藏助壮行：

"七尺屏风，也不能跳跃；绫罗之袂，也曳不绝。"

这首歌震撼着内藏助的心灵，让他产生共鸣。"告辞……"内藏助微微一笑，离开了二文字屋。第二天清晨，他早早地前往东方。

有人推测"七尺屏风，也不能跳跃"这句，让内藏助联想到了"吉良家屏风高几尺"……

轻爱得深沉，一面怀抱着悲伤心绪，一面弹唱出这样的歌词。

内藏助态度英勇，听到轻的心声后莞尔颔首。

即便悲痛噙满心头，轻也不付诸言语直接表达出来，而是假托琴歌向内藏助倾诉离别之情和饯别的祝福。轻这样的女子，正是我所喜爱的类型。

我描画轻的这种心情是在明治三十三年，创作时间稍晚于《花筐》和《母子》。这幅取材自忠臣藏故事的《轻女惜别》，是我怀念的作品之一。

---

①日本一种长柄酒壶。

税所敦子孝养图

那是日俄战争结束后不久的事。

我的儿子松篁就读于初音小学，有一天这所小学的校长来我家，对我说："我想在学校礼堂里挂一幅对儿童有教育意义的画，希望您务必帮我这个忙。"

这真是难得的好事，如果一幅画能对千千万万个孩子未来的成长起到积极作用，对从事绘画行业的我而言，就是最让人开心的事了。我便欣然答应了校长。不过，该用什么画体现教育意义呢？我一时有些犯难，没立刻下笔。又过了些日子还是没能想出主题。

之后校长先生又多次找到我，说希望我赶紧画。我左思右思也没个头绪，迟迟没能按照校长先生的要求作画。

直到有一天，我偶然在书里读到了：

朝夕劳碌碌，苦工累筋骨。

113

佛祖予恩惠，为人亦此路。

　　这真是一首有意义的诗，字字激励着我的心。知道这首和歌的作者是税所敦子之后，我就决定以税所敦子作为绘画素材。

　　在近代女性和歌诗人中，税所敦子的名气特别高。除了和歌作得好，她还是一个身体力行尽孝道的模范。

　　她一开始师从千种有功卿学习和歌，二十岁嫁给了萨摩的藩士税所笃之。

　　但是命运不济，婚后第八年，二十八岁的税所敦子便死了丈夫。丈夫去世后，她来到萨摩照顾婆婆，尽心尽力奉养老人。我在这里就不一一列举她的事迹了，总之，她不顾自己的身体，常年赡养长辈，反思自己的德行。

　　后来（明治八年）她到宫中供职，出任掌侍[1]，在丈夫和婆婆相继去世后，她才投身到和歌创作的这条道路上。

　　我将税所敦子那至高至纯的美丽心灵描绘到画布上，不知多少次，我一边画一边热泪盈眶。即便丈夫已经离开，她仍然执意来到萨摩国，对长辈尽孝道，这种高尚品德正是我们下一代学童必须学习的。我通宵达旦地画好后，满心欢喜地把这幅画赠给了初音小学。

---

[1]日本古代后宫内侍司的女官。

这幅画创作于明治三十九年，距今已有三十八年了。其间，会有许许多多的学童看着税所敦子孝顺老人的故事，点头赞许画中人物的品德。一想到这儿，我还能回味起完成《税所敦子孝养图》那一刻的喜悦。

楠公夫人

　　一旦遇上时机画自己想画的画，我便燃起烈焰般的热情，像个画痴似的埋头创作——一路走来，我已经制作出相当多的作品了。

　　仅仅在展览会上展出的大型作品就有一百多幅。

　　我还有很多想画的画。如果提前发表未公开的展画主题，就会让人败兴，所以我在还没等来制作的机会之前，绝不会走漏半点风声。不过在这里，我却有一幅要提前跟大家分享的画儿，那就是楠公夫人的画像。

　　大约三年前，神户凑川神社①的宫司②来到我家，说："想请您画一幅楠公夫人的画像供在神社里。"

　　我提出这个请求是有缘由的，其实——宫司接着说道：

　　"凑川神社还没有一幅称得上是镇殿之宝的新画，所以我就跟

①为祭祀镰仓末期的悲剧英雄楠公正成的神社，得名于楠公正成的战死之地凑川。
②日本神社的最高神官。

116

横山大观先生商量，大观先生答应了，说'那我就画一幅楠公的画供在神社里吧'，他立即着手创作，在几年前画出一幅起起武夫的人像画，当时还举行了奉纳仪式。"

既然神社里有楠公正成的画像了，就想再供一幅楠公夫人的画像——宫司提高声音说道，跟您提出这个不情之请，请您考虑一下。

我很敬佩楠公夫人伟大的人格，所以我当即承诺为神社画这幅画。昭和十六年四月十七日凑川神社举行重大祭祀活动，我前往神户，在神明面前祈愿。

然而，我却遇到了一个难题——神社里没有留下任何关于楠公夫人模样的参考物件。

不论我向哪里打听，得到的回复都是没有楠公夫人的肖像。

我的心凉了半截，想着这可不是个普通的任务。

楠公夫人久子，是河内国甘南备村矢佐利的南江备前守正忠的幺妹，她儿时与父母分别，跟兄长正忠一起生活，自幼接受兄嫂的良好教育，出落成贤良淑德的女子。

那么，哪怕是江南备前守的肖像也可以啊——我想间接寻找一些线索，结果也是无功而返。

"这位叫久子夫人的女子，到底长什么样呢？"

一年的时光就在我思考这个问题的时候，悄然溜走了。

凑川神社已经收到横山大观先生的楠公画像。

我也想尽早把楠公夫人的画像供奉到神社里。虽然感到焦急，可怎么也想象不出楠公夫人的脸庞。

然而就在去年春天，一位跟我学过画画的女画者忽然来看望我。这个女弟子就是河内人。我们聊着聊着，就聊到了楠公夫人，她告诉我：

"坊间流传，楠公夫人是典型的河内人的脸。"

河内人的脸究竟长什么样呢？我完全没有头绪。

"现在貌似还有那种河内脸形的女子，如果我发现了，再通知您。"

我的弟子说完就回去了。没过多久，她来了一封信：

"我找到了一位非常美丽的河内女子，您要来看看吗？"

我急急忙忙带上笔和纸，就在收到信的当天出发去了河内之国。

信上所说的女子是甘南备乡下某户人家的年轻媳妇，长着长脸形，皮肤如凝脂一般，面容精致、气质高雅。

我拜托她说，能不能照着她画一幅画。这位妇人不知道我的目的，显得有些羞羞答答的。我的弟子巧妙地从中周旋，我才不好容易画下了这位女子。

阳光透过初夏新绿的层层叶片洒落下来，绿莹莹的光线映照在妇人白皙的脸庞上，她姿态端庄娴静。我唰唰地在纸上描画着眼前的妇人，思绪却时不时地穿越到了古代，想象她穿上古代的衣裳，就在心里描绘起了只属于楠公夫人的形象。

又过了一年，我的楠公夫人画像还没有进行到打草稿的阶段。在忙碌的生活间隙，我抽空翻看楠公夫人的传记和有关她的故事。

画伟大的日本之母楠公夫人，对我来说是一件相当艰巨的任务。但是既然要画，我就希望自己画出不为后世非议的、十全十美的楠公夫人形象。

如果把完成的画像供奉到凑川神社，我就觉得还有一个地方也需要收存一幅画。

那就是坐落于京都嵯峨深处、院内有小楠公首冢的宝筐院。

这个寺院让人联想起弁内侍和正行公的凄美故事。

我也想给嵯峨宝筐院画一幅有训诫意义的画，目前还在构思阶段，想画的场景是楠公夫人对儿子正行讲解忠孝的道理。

然后还有位于祇园后身的建仁寺——那儿让我想起小时候寺里两足院的算卦先生给我算四柱的往事，我也答应过给建仁寺的隔扇画一幅天女画。

这其实是我很久很久以前就应下的约定，不过至今还没等到那个灵感到来。

我想画几位理想的天女，可画笔一旦落到纸上，就怎么也画不出自己想要的形象了。

不论是凑川神社的楠公夫人像，还是宝筐院的楠公夫人和正行的画，抑或是建仁寺的天女都要留给后人去观赏，所以，我花上几个月甚至几年创作出没有任何瑕疵的画也是值得的。这三幅都是大型画作，需要投入时间和精力，可眼下怎么也抽不出时间顾及它们。

我想从今年年末开始先停下手边的工作，在接下来的一两年里腾出时间创作这三幅画。

只有这样，才能完成当初的约定。

我渴望时间。

我渴望时间，这是多么让人痛彻心扉的感悟。

友人

我没有像样的朋友，也从来没有跟人像模像样地交往过。

从小就觉得自己很孤独。

当时深入学习画画的女子特别少，少到凤毛麟角，偶尔碰到比自己年纪小的女画者，我也提不起兴致与她们聊天；至于男孩子，我倒是在画院、绘画集会上有机会接触，不过也没想过要和他们称兄道弟。在画画方面，我也是一个人孤独地进行着研究。

不过，我反倒与女和歌诗人等，跟绘画没什么关联的女子交往得多一些。

我的朋友就是，中国的故事、日本古代物语或历史中的人物。

小野小町、清少纳言、紫式部、龟游、税所敦子……这样的朋友要多少有多少。再如杨贵妃、西太后……数也数不清。

心灵之友，是永远都不会分开的朋友。

我如果想见一见朋友，就走进画室与她们相对而坐。

她们不言语。

我亦不言语。

相对两无言，却心心相印。我就这样将快乐的朋友永远地放在身边。

因而，或许也可以说我结交了很多的朋友。

简洁之美

能乐幽微高雅的舞蹈动作，装束呈现出的色彩的变化、重叠和曲折的线条，声曲迸发出豪壮而沉痛的旋律，这一切都浑然天成，震撼着观众的心。

在能乐静谧幽玄的背后有一种不可捉摸的韵味，仿佛是如泣如诉中夹杂着强烈的紧张感。这是独一无二的境地，是语言和图画都不能轻易表达出来的。

我和松篁经常一起去看能乐演出。为了对演员、能乐面具、道具等进行写生，我们特意坐在前排，但不知不觉中，就会被精彩绝伦的表演吸引，停下笔，忘记还要画画。

这也是我经常的想法了，一见到做工精妙的面具，就能深切感受到面具背后的匠人精神。

能乐演员的衣着华丽多彩，但并非是花架子徒有其表，绚丽之中弥散出庄重的美，让人赏心悦目。

舞台上使用的道具，不论是一叶扁舟还是一顶轿子、一辆马车，再小的物件也做得极致简约，深得要领。

能工巧匠们使尽浑身解数将道具进行极简处理，然而看似简单的物件却做得活灵活现，形神俱妙。

这里也彰显出了无懈可击的纯熟与精练。

能乐演出看似粗枝大叶，却是最注重细节的。

就像道具一样，能乐表演也是粗中带细，通过粗略的说明来表达细腻的心情。

能乐没有一样无用之物。因为物有所用，在平静中存在着一种庄严的紧张感。

恐怕没有太多像能乐这样闪烁出静谧光泽的艺术。

能乐中那被简化了的美，符合绘画中崇尚的简洁之美的线条。

简洁之美，不仅在能乐、绘画的领域，在所有艺术领域中——不，在我们日常生活中也是高贵的美之姿态。

泥眼

我从谣曲《葵上》中获得灵感，制作那幅有生灵的《焰》时，发生了这样一件事。

有一次，我去找金刚岩先生请教画名和其他问题，抱怨说嫉妒心强的女子之美太难画了，他就告诉我说：

"能乐也有善妒的美人的面具，要用金泥特意点在眼白上。这就是所谓的泥眼能面。金泥发出一闪一闪的光亮，异常耀眼，而且看起来像眼里闪烁着泪光。"

我听了老师的话恍然大悟，重新认识到泥眼这东西还有如此不可思议的魅力。

我立刻在《焰》进行尝试，从绢布的反面把金泥涂到美人眼白的位置上。

于是，生灵之女的双眼便闪出异样光彩，产生了意想不到的效果。

不论是字形还是读音，"泥眼"这个词都不难理解，但是金刚岩先生却能从这个话题迅速联想到泥眼，我深深佩服他的伟大——不愧是成为名人的人物，什么事情都难不倒他。

沙画老人

在我八九岁的时候，京都的条条街巷里都有摆摊儿卖货的人、行乞的叫花子。印象当中，有一个五十岁上下的老爷爷会挨家挨户地敲门，人看着有点脏兮兮的，身上套着破破烂烂的花纹棉布外衣，下面穿着样式古怪的白色和服裤裙，皱皱巴巴的脸上还长着半白的胡须。

他也不是专门向人卖货，只是在腰间垂下一个口袋，口袋里面装着白、黑、黄、蓝、红五色的沙子。

我们一见他站到门前，就好奇地围上去。他先生气地驱散我们："那个，小家伙儿们一边去、一边去……"

接着，他从小沙袋里抓出一把五彩沙子，掺和到一起，唰的一下，像播种子似的朝门口的石板地上一撒。

五彩斑斓、形态各异的图案，就在这个可怜老爷爷的脏兮兮的右手中次第诞生了。那些图画奇妙又美丽，像老爷爷给它们赋予了生命。

我们这些小毛孩儿被眼前的景象震惊了，就呆呆地站在那儿看得出神。

他画出的花朵色彩娇艳，让人叹服。大家都纷纷议论他用黑沙洒出的字像书法行家写的。

"沙画老爷爷！"

老人的到来是孩子们盼望已久的开心事。

家长们觉得给这老人一两文钱算是义务。其实他也没张口讨钱，说起来，就算是孩子们口中的"沙画老人"应得的报酬。

不论画花卉、天狗、富士山，还是画马画狗，老人右手撒出的彩沙整齐有序，不会有一粒掺杂到其他颜色的沙子中。他淡然随性地画着沙画，就好像是地上早已有了画好的线稿。

无论下多少功夫去练习，沙画也不是靠熟能生巧的本领。所谓"禀赋"大概就是指这种事吧。或许，只有这位贫穷的人才能窥到的至妙至极的艺术世界。

老人以大地为画纸，就注定了他画的画将很快灰飞烟灭。如果他将画沙画的技艺运用到毛笔画中，恐怕也已是一位著名的画家了。

不过，我又转念一想。那个"沙画老人"的沙画，正因为转瞬即逝才具有一瞬的艺术境界，正因为不能流芳百世，才能让老人的崇高精神美好地铭刻在人们心间。

之后我再也没见过如此不可思议的沙画了。

或许，"沙画老人"就是这个世界上唯一的"专利般的存在"。

旧作

曾经有一个人说过这样的话。

前几日，我与文坛大家某氏见面聊天，偶然聊到了作品，我就把话题引到十五六年前他那部曾引发公众关注的小说上，问道：

"如果放在当下的时局再重新思考一番，您想过把那部小说从您的作品中抹掉吗？"

那位大家则自信满满地说：

"怎么会呢！在我所有作品中，那部小说是写得最好的。就算现在，我也为写出那样的作品感到骄傲。"

那部作品带有十几年前自由奔放的时代风气，如果放在现在的时局，是不好读的小说。

虽然是旧作，但那位文坛大家也没有草率地低估它，反而坚定地说："那才是自己最称心满意的作品。"话语中是不是彰显出了他的卓越啊。

现代社会，有很多"搭便车作家"动不动就阿谀奉承时局，像煞有介事地说着"因为那个……毕竟是早年写的作品啊……"之类，相比之下，上述作家的态度才让人钦佩"不愧是一代文坛大家"。

但是我听说，有的人给很久以前的作品写题函签时，如果遇到自己没画好的画，就说道："因为这个呀……毕竟是早年画的画，那会儿我还没出道啊。"就不给题字了。

同刚才那位文坛大家比较，我觉得没有如此冒渎自己的话了。

即便是成为画家甚至大家的人，在他早年创作期间也一定画过不精湛的画。

要想画出精妙的画，在抵达大成之境前，就需要付出超乎常人想象的辛劳，也需要历经几个春秋不屈不挠的精进洗礼。

纯熟的艺术造诣绝不是与生俱来的。

试想，即便是现在的大家，也一定在年轻的时候创作出拙劣的作品，他们没有表现一点卑下。

莫如说，那些珍藏作家早年画下的幼稚画作，并要在画上题字的人的想法才是难能可贵的。

在技艺不佳的时代，尽自己技艺不佳时代的努力，只要在每个时期都全力奋勉就足够了。

说不定比起成为大家的现在，那才是通过白刃相交打拼出来的作品。

因作为小松中纳言而赫赫有名，之后成为加贺藩食禄百万的大守前田利常，某天正在听近习①的汇报。

一位近习说："某某大臣的公子可是了不起的才子，小小年纪却有四十几岁人的智慧。以后必定能成为受人敬仰的人物啊。"

于是，利常公问道："此人年龄几何？"

那位近习毕恭毕敬地答曰："回禀大守，是十八岁。"

利常公接着说："哎呀呀，真是无趣的故事啊。每个年龄段的人有各自的才智水平就足已。十八岁的人却有四十岁成年人的才智，这是我不认同的。如果十八岁的人有十三岁孩童的智力水平，大家就认为有问题。那么，十八岁的人有四十岁成年人的智力水平，不是也让人困惑不已吗？"

利常公教导近习，人应该在每个年龄段拥有相应的力量才是合理的，并且这也是作为人而言，最值得尊重的事——他拒绝了近习对十八岁公子的举荐。

我时常想起这个故事，心中暗暗佩服：

"果然是加贺公，竟能说出如此意味深长的话来。"

年少时的作品只要与年龄相符，就足够值得尊敬。

如果一个十五岁的少年像七十岁的老权威那样画出沧桑的画，才令人狐疑，而且我觉得这种少年老成的画可以说是没有任何价值的。

反观自己，我也会时不时地在早前的画上题字。

我一边怀念着青葱时代的美好，一边在心中一遍遍呢喃："那时能画成这样就足够了。"然后，默默地在纸盒上写下文字。

---

① 在君主侧近侍奉的人。

屏风祭

全国没有几座城市像京都这样，每年举办如此众多的祭典活动。

京都的祭典绚烂丰富，特别是时代祭、染织祭、祇园祭等代表性的活动闻名海内外，祇园祭的别名又叫"屏风祭"——对我而言，这个屏风祭比其他活动都有趣味。

每逢祇园祭，四条通祇园附近的商铺便把珍藏的屏风摆放到大门口，供来往的行人观赏。我悄悄地挨门挨户观看屏风，如果发现好的图案，便对主人说："打扰您一下，请允许我看看您家的屏风吧。"经人同意后便走到里面。坐在屏风前，翻开缩图帖开始临摹。

永德、宗达、雪舟、芦雪、元信，或是大雅堂、应举……这些国宝级大师绘制的屏风陈列在家家户户门前。要临摹一张屏风至少得花两天时间，所以在每年只举办一次、一次只展览两天的祇园祭上，我为了节省时间，大多选择画下屏风画的缩图。

每年举办屏风祭，我都徘徊在街头，目不斜视地看着人家的屏风，再花些工夫，将他们珍藏的屏风画一幅一幅地收入囊中。

　　有时遇到绘图故事类的大屏风，为了完完整整地画下一幅缩图，我要连续迎来送往三年的祇园祭。

　　我经常吃到主人给的午饭，甚至是晚饭。如果没画完，就要拖到来年祇园祭才能接着画，我觉得特别遗憾。所以一边心存歉疚，一边厚脸皮地接受人家的好意。吃过晚饭，我又接着坐到屏风前一直画到很晚。每逢屏风祭，如果哪里少了我画画的身影会空落落的……我还有过这一段在屏风祭上"采风名物"的时代呢。

　　不论是永德、大雅堂还是宗达，他们对待绘画的独特态度都是非常崇高的。通过画他们作品的缩图，我深受激励，同时那些作品也是我学习绘画的精神食粮。所以每年的屏风祭，不管画不画缩图，我都会一如既往地端坐在屏风画前。如今，那份从屏风中体味到的幸福滋味依然让我着迷。

青眉抄拾遗

あおまゆしょうそのあと

舞仕度

　　《舞仕度》的创作经历是这样的。今年我忽然想尝试画这样一幅画，就在九月十日去拜访了祇园新地的歌蝶女士，她给我介绍大嘉的舞伎认识。我只写生了两次，就马上着手正式作画。不过画四个迥异的人物可费了一番工夫。在那半个月里，我几乎是昼夜兼程，每晚只睡一个小时，终于在七日下午四点刚刚画完整幅画，所以我还沉浸在创作中。（谈话）

大正三年

萤

画《萤》之前，也没有动机促使我拿起笔画这样一幅画。我读过一首描写蚊帐的诗，现在有点记不清此诗的作者是一茶还是芭蕉了，犹记得字里行间充满了趣味。然而，读完这首诗，我也没生出为它画一幅画的想法。

盛夏时节，我忽然想起这首诗，便开始构思——如果蚊帐配上萤火虫一定会妙趣横生。这个想法成熟后，我才开始着手画画。

然而，只画萤火虫不足以突出画面感的美感。自不必说，在我的画里美人才是主角，所以我设想出了这样的场景：傍晚，美人正在悬挂蚊帐时，忽然瞥见一只萤火虫随风潜入室内。

蚊帐与美人的搭配总让人联想到艳情的画面，不过，我想一气呵成把画画得高尚。本着这个目的出发，我画了一位良家的妇人。这幅画的时代背景发生在有些古远的天明①年间，美人身着那个时

---

① 日本江户时代末期的年号，指公元 1781—1789 年间。

代的浴衣准备就寝，用细细的绸带在侧腰上打了一个蝴蝶结。

　　我画的是暮色乍起之时，想努力营造出夏日傍晚的一抹凉爽氛围。恰似流水一般清凌凌的翠纱之帷与人物的衣裳组合搭配，也使整体画面看起来清清爽爽的。在表现凉爽的同时，还要留心不要陷入鄙俗，所以我尽量选用高雅的花纹。

　　服装的图案之类并没有具体出处，只是画了天明年代常见的图案。总之，抓住了这个甚至能让人联想到轮廓情调的题材后，反而像是勾起楚楚清爽的感觉似的，用笔唰唰地画。

大正七年

富于雷同性的现代女画家

现在的画界还没有确定根本的方针，仿佛正处在一个混沌的时代。诸多流派——比如某某式、某某型之类，生生灭灭的更迭让人目不暇接。如果创作者像猫眼球滴溜溜转个不停，不断变易笔法搞艺术创作，那么他就很难创作出深深植根于内心的作品。如果某人开创了一种模棱两可的手法，大家会立刻模仿起来，也要装腔作势地画出新式画作，殊不知这是相当心胸狭隘的想法。另外，煽动这类具有雷同性的作家的评论者也是如此。单纯赞颂新的形式，未必能提高自己的鉴赏水平。仅仅为了以新式评论家自居，就背离纯粹的自我要求，对那些模棱两可的、浓缩的东西捧场，他们这么做其实在是侮辱自己。

特别是在很多女性画家中存在一种奇怪的现象，我不明白那些人是自愿认真画画，还是受外因所迫从事绘画的。每个女画家身上都有几许共同的方向，虽然不了解大家是否对制作进行设定或选择，但是我认为，大家要是都像现代女性画家，就不能画出雷同的美人画。如果发现自身潜藏的力量，并用这种力量把自己塑造成创作者，那么即便在很多相似的美人画中，也必然会用笔墨展现出严肃、互不相容的特征来。这不禁让人思考，在当下，"女画者"是否正在成为一种流行趋势。靠自己的力量发迹后，在画坛上大展身手，所以女画者们很难独自开拓道路，建造艺术殿堂。

从古至今，日本极少有女子学习绘画，不过最近女画家的人数却陡然增加了。想来，大概是因为报纸、杂志无心地登载了她们贫瘠的作品或照片的缘故，地方的年轻人才崛起了。现代年轻创作者的心态如此浮躁，别说成为女画家了，就连闪现独创光芒的作品都难得一见。如果在第二届、第三届的文展上有美人画展出，那么后来的女画家们都觉得自己也必须画出美人画。因为大家的性别都是女性，不可能全部喜欢美人画。但大家应该从各自的秉性出发，画自己喜欢的花鸟或山水等。

我常常画美人画，而且从一开始就喜欢这种题材，便也选择了这条非走不可的道路。我曾在现在美术学校的前身画院里学习画画，但是那会儿教我的老师是铃木松年先生，他笔法雄浑，总是画猛虎、罗汉、松柏等。一直喜好美人画的我师从这样的老师，可想而知，是根本得不到美人画的画帖的。再加上那时要循序渐进地习画，如果学不好梅花枝、禽鸟，便不能画人物画。但是我没有拘泥于学校规定的绘画课程，在没有任何画帖的情况下，直接写生人物，历经种种辛苦才掌握了美人画的绘画技巧。

我那时甚至觉得自己是为绘画而生的。正因为有这种必须把画画下去的想法，我才没有老老实实地服从所谓的制作顺序，而掌握了美人画的画法。临摹低级杂志的卷首画，看似是在追随着他人的笔迹，但毋宁说我都是把卷首画重新画了一遍。现代的女性画家具有很强的模仿性，没有一点为自己寻些绘画资料的真挚态度。这不仅体现在绘画上，还表现在给自己起雅号上。拿我自己的雅号"松园"来说，不论东京还是大阪，都有很多画家在雅号里加上"园"字。哪怕是雅号这种不起眼的小事，大家也应该清醒地认识到那本来就是属于自己的固有东西。（谈话）

大正九年

关于画作《汐汲》

　　对我个人而言《汐汲》是苦心之作，我在这幅画上花了很多心血。特别是在色调方面下了好一番苦功夫。然而为了保持画面整体的平衡，我多次修改素描稿，最终达到令自己稍感满意的程度后，才真正起笔作画。

　　这幅画虽然不是大作，但总体上却让我比较满意，构思得当，一笔一画尽展独到的笔致。要画出连自己都觉得满意的画作着实不是一件易事，所以严格说来，《汐汲》一画绝对算不得十分中意的作品，可即便如此，我还是想说：它是我费尽千辛万苦才画出的画。

　　"汐汲"是歌舞伎舞蹈，非常优美。我虽然在画里美化了海女①的动作，但不管怎么说这幅画还是不完美，因为它不是新样式作品。而且雪上加霜的是，我还采用了极其古老的描绘手法。不过我常常想，如果没有我们这样的人守护古老的画作，那么在新兴画法蓬勃

①指不带辅助呼吸装置潜入海中以采捞海藻、贝类等为职业的女性。

143

发展的现代，就该后继无人了，没人愿意画传统的东西了，到最后美人画就会徐徐消逝吧。

也就是说，绘画评论家针对传统美人画的艺术价值展开各种各样的评论，而我却对这独具日本风格的美人画的消亡感到于心不忍。当然这是时代浪潮发展的必然趋势，新式美人画——不知道能否称为美人画，总之是女子画的画法发生变化是大势所趋。我真心不希望自古以来的日本风格的美人画就此消失。我不仅不希望它消失，还希望前辈的大家们或后来的人们能够再多给美人画一些认可和鼓励，再多多研究它。

文章开头说《汐汲》是我的苦心之作。其实在画画上，我从未敷衍应付过。受这次大地震影响，人们的观念发生了很大改变，也开始有声音批评画家像从前那样马马虎虎画出的画了。从我自身而言，虽然也画不出优秀的作品，但绝对不会画自欺欺人的画。

大正十二年

《朝颜日记》①中的深雪与淀君

日本在浮世绘出现以后才有了"美人画"，画师的笔专为美人着墨。浮世绘画师当中，我尤其喜欢春信和长春。

最近，在年轻人中间流行起了画女子画，我却对这类画有很多不敢苟同的地方。说起这个，我不觉得女子画就一定得画美人。不过，画家既然是从艺术层面和美术层面出发搞创作，如果作品只让人产生不快的观感，就会削减本身的艺术价值。所以，这里就冒出了因人而异的艺术观念，不过看一看近来风靡于世的女子画，就会发现很多人把女人画得像相扑力士。肥溜溜的脸庞、胖嘟嘟的手脚，无论如何都让人喜欢不起来。即便爱美之心非人人皆有，但我还是认为，艺术作品至少不该让观众看了心里难过。

画家的绘画主题也并非不囿于外界的限制，可以自由地创作。

① 日本木偶净琉璃《生写朝颜话》的通称。

有时候考虑到画面的构图，还有必要画上乞丐。我觉得就算是出于创作的需要，也不一定要把乞丐画得面目可憎、丑陋鄙俗，让观赏者看了心头蒙上阴霾。即便是个乞讨要饭的叫花子，他身上的某处也一定存在着将会成为艺术的东西。艺术家的使命就在于寻找到这种东西，并将它展现出来。哪怕必须展露出丑女的丑陋，哪怕必须表现幽灵的凄惨，只要将笔下的线条触碰到了真正的艺术，画作就不会让人感到苦闷。真正的艺术，不应当让观众产生不愉悦的情绪。

道理虽然如此，可任谁心里都有喜欢或讨厌的事物啊。就拿我自己来说，也不是没个好恶。然而，我却不想用单一的标准去评判美人的魅力。一位长着铜铃眼的女子是可爱可亲的，而拥有一双细细的柳叶眼的女子则是气质优雅的。长脸形也好、圆脸形也好，每个女子都有自己的优点。而且女人各有各的风韵，才有资格成为一个美丽的人。——如此看来，"怎样的女人即是美丽的"这种刻板说法就站不住脚跟了。

从时代上来讲，桃山时代有桃山的特长，元禄时代有元禄的俏丽。硬要讲的话，我觉得现代的风俗是最缺乏艺术品位的。至少，我个人最不欣赏现代的洋气打扮。

不论女子的衣着搭配还是化妆方法，现在与过去都不可同日而语。明明各个方面都有明显进步，也变得便利了，为什么现代的风俗却看不到艺术性呢？我想这是因为，女子没有充分思考什么东西才是恰好符合自身的气质和脸形，只是一味地追随像猫儿的眼睛那样瞬息万变的流行趋势。女人们不管适不适合自己，反正流行二百三高地①就都梳起二百三高地，流行七三就都梳起七三，她们不管自己的脸形是长的还是圆的，身材是瘦高还是矮胖，所有人都如出一辙，打扮成同样的风格。所以，由此就衍生出了毫无和谐可言的、混杂又浮躁的风俗。

最近，在电车里渐渐看不到盘着传统丸髻或文金等高雅发型的身影了，越来越多的人在头上顶着像马粪似的手抓束发②。我觉得很惋惜，不管穿上如何高贵美丽的服装，这种发型一点都起不到衬托的作用。有时候我甚至心生歹意，想诅咒"现代"了。

女子应该有这样的想法：流行也好不流行也罢，只要是适合自己的就是最好的。在我看来，传统的发髻才是最适合日本女性的。

那么若被人问起，最喜欢日本历史上的哪位女性？从内心的表现而非风俗来说的话，我会回答是《朝颜日记》中的深雪与淀君。深雪内敛腼腆，犹如娴静的少女，而淀君争强好胜、气盛男子，这两位女性的性情完全相反，但是我很喜欢依照她们塑造出的人物形象。双眼尚未失明的深雪，从文卷匣里取出写有"露未干……"诗句的折扇，默默地独自缱绻在眷恋之中时，忽闻一串足音，她便慌慌张张地把扇子藏在腋下。我就曾经画下深雪在最后那一瞬间藏匿折扇的情态。虽然还没画过淀君，但我心中一直萦绕着未来一定要为淀君画一幅画的念头。

大正十三年

①日式发髻的一种，因该发型似日俄战争中的重要阵地中国旅顺203高地而得名。
②明治初期开始流行的妇女西式发髻。

喜欢应举①和那个时代

虽然也没有什么特别的感想，但是我一直对应举和那个年代怀着憧憬之情。着实喜爱那种深沉稳重的精妙画风，苍劲又纯熟的画法，等等。那个时代的画家能无忧无虑地制作、随心所欲地长久研究，但如果过得像现代人这样繁忙，任他们使出浑身解数也画不出大作来。大约在三十年前，有一个叫如云社的画家集合展览会，每月十一日定期举办活动。集会没有派系之分，参加者都带来各自喜欢的作品，哪怕是一幅二幅的画也要陈列出来供大家鉴赏。当年，景年先生也在集会上展出过潦草画风的画。虽然会场中央铺上了红地毯，还有火盆和茶桌等饮茶器具，但年轻的栖凤先生、春举先生却坐在佳作前久久不肯离开，还兴高采烈地一起论画谈趣，那时候真是过得逍遥自在。回顾以往的各个时代，我还是觉得应举的年代最让人怀念。（谈话）

大正十四年

---

①圆山应举（1733—1795），江户时代中期的画家，圆山派的创始人。

帝展的美人画

我曾经悄悄地去东京看过帝展。

不知为何，我那时觉得帝展好像不太适合自己。让我心生厌倦的并不是某人作品中的某个部分创作得如何不好，而是展览会会场中充斥着的过于浮夸的氛围。我稍稍环顾周遭，用突兀的岩石杂乱无章地堆积到一起，以此故作高深意境的画作之类满满地占领了那个大会场，不禁惊诧不已。

如果不把帝展办得如此轻浮，也许就无法与最近"大会场艺术"相称了。如果不追随潮流，也许就无法吸引观众驻足围观。但是照这样下去，日本画岂不会渐渐堕落下去吗？任凭我在会场里逡巡找寻，也没看到有品质的画作。满目充斥的净是不谦卑、没情趣、华而不实的画。这就是所谓的摩登吗？如果不这么造作，就表现不出摩登的味道吗？我觉得，没必要为了表现摩登而这么特意降低品质，画出浅薄的画。

如果认为画上一堆杂七杂八的岩石就能体现作品的厚度，那就大错特错了。这位创作者大概不明白，隐秘在画作根底里的韵味怎能通过堆砌简单的素材来体现呢？

　　到了我这把年纪，或许会因为跟不上时代脚步，被时髦的现代抛下。虽然心存疑虑，可我还是认为，无论如何也不能勉强自己追赶时尚。我就是我，我愿意沿着这条来时的路的方向一直走下去。

　　当然，我也想参加帝展。每年夏天来临，看着年轻人开始纷纷为画展做准备，我也按捺不住激动的心情，想跟他们一起参加。不过近两三年来诸多事情缠身实在没有余裕，前几年的御用画还没有完成，而且即将嫁入高松宫的德川喜久子公主要的那幅二曲一双①屏风画的截稿日也迫在眉睫，另外还有意大利展的作品要画，所以我现在每天为完成这些任务而手忙脚乱。

　　二曲屏风画由两个片双拼合而成，其中一个目前还在制作阶段，画的是德川时期的少女坐在长凳上看胡枝子的场景；另一个在几年前就已经画好了，上面画着两位少女。预计到不了十月月底，我就能制作完成这对屏风画。

　　我现在画的《伊势大辅》是意大利展的展品，一幅宽二尺五寸的

---

①屏横着相连的几个屏风的面，每一面都称作"一扇"。从右向左的方向，分别称为第一扇、第二扇……根据折叠的扇数不同，屏风的形状用"二曲""四曲""六曲"来表述。左右可构成一对的屏风用"双"来数，无法构成一对的时候则使用量词"片双"。

横向卷轴画，与去年大典上使用的御用画《草纸洗》中的小町相映成趣。我在这幅画里做了新尝试，采用了至今很少使用的顿收画法。

近三四年来，如果不戴上眼镜，我很难画出纤细的线条。只是因为眼睛不好用，笔头才变慢的，可是戴上眼镜凝视细节便觉得疲劳加剧。认识到自己上了年纪，反而不想再每年至少要画一幅自己想创作的画了。我只想趁着现在，为后人留下属于我自己的作品。

昭和四年

回忆

一

当四条通还不像如今这样通行电车也没拓宽路面的时候，母亲带着姐姐和我开过茶铺，店的位置就在现在旧货店"今井八方堂"的前面、万养轩的所在地。

父亲在我出生前就去世了，母亲把我生下来之后就独自一人养育我和姐姐，她性情阳刚，好似男子一般。所以，这样的我从来不知道父爱是什么。与其说我的母亲阴柔娇媚，不如说她兼具阳刚与阴柔，她既当爹又当妈地把我含辛茹苦养育成人。

我开始学习绘画，嗯，大概是在十三岁的时候，因为我自小就特别喜爱涂涂画画。

二十岁那年，我家茶叶铺遭遇火灾，我们连搬东西的工夫都没有，以致让一切家财都化为灰烬。

那会儿还不像现在，没有电也没有燃气，家家户户都点油灯照明。

与我家相隔几个院子的邻居家，在某天晚上油灯突然起火了，那户人家不声不响地慌忙用手工艺品灭火，没想到这下却坏了事……

火势猝然蔓延开来，在那个寒冷的夜晚，我们一家从睡梦中惊醒，在慌乱中下意识地逃到屋外。就在这个时候，我面前早已腾起一片火海，火光冲天，仿佛撕裂了夜晚的黑幕。人群中传出阵阵骚乱之声，快把整个街道淹没了。

燃起熊熊烈火的家门口就像会吐火的炉子一样，火焰夺门而出，猛烈的火势不禁让人浑身战栗。

大家都没有时间从家里拿出东西来，街坊邻居、消防员、寺院街十字路口的一大群人力车车夫纷纷跳进火海，有的从房里抢救行李，有的往大火上浇水。从猛烈的火焰和混乱的人群中，看到了好不容易才搬出来的衣柜，可是柜子里装的衣服也着了火、冒着黑烟，都被熏得黑乎乎的。再加上人们不管不顾地浇水灭火，那些衣服也湿淋淋的。

被无情的水火弄脏的马路上堆积着衣服、陶瓷器等杂七杂八的家什。这些东西被脚踩踏、沾满泥垢，已经残破不堪了，让人束手无策。

二

当时，我家茶铺对面有一个叫"红平"的唇脂店，卖的"小町红"名噪京都。他们家有一张画着小野小町的祖传古画。我曾经借来，认认真真地临摹了一张。

发生火灾的时候，瞬间浮现脑海的就是这幅小野小町的临摹画，我最想救出来的就是它。家财、衣物之类早就被我抛到脑后了。

那早已是发生在我十九岁时的事。之后我又遇到了一场火灾。大概是距今六七年前的某一天，在我现在居住的竹屋町间之町附近起了大火，烈焰吞噬了三四家房屋。

当晚在夜风的吹拂下，阵阵警铃声、嘈杂的人声传入耳中，我顿时觉得大事不妙，跑上二楼向外望去，只见火光照亮了整面漆黑的夜空，连我家的屋顶上和庭院里都有火星纷纷落入。

再看起火点，那家的房屋被猛烈的大火吞噬，被烧得像一只蝈蝈笼似的。

只怕这场火也要把我家化为灰烬。难道刚刚落成的家，就要毁于火灾吗？看着风和火势，我家恐怕是在劫难逃了。

既然躲不过这一难，我就该考虑带上什么东西出去。对我而言最重要的东西……各种各样数也数不尽，不过我想救出花了最多心血、流了最多汗水的物件。想到这儿，我赶紧把至今为止所画的缩图帖打包到一个包袱里。

缩图帖才是宝贵的财富，是任何东西都无法替代的。在我还年幼的时候，做出了非同寻常的努力才临摹出了各种各样的古画。

好在大火被尽快扑灭，我的家也免遭延烧的厄运。

三

我十岁左右时住在四条，那会儿还没学习绘画。南宗画还叫文人画，当时这种画比四条派、狩野派的更受大众夸赞。在我十二三岁时，就已经听说文人画很是流行了。

我住在红平的前面时，麸屋町的锦下附近有一家旅馆，田能村直入先生好像把那里当成自己的家，常年住在那儿画画。他还成立过南宗画学校，后来他去了黄檗山，又去了若王子。当我家搬到车屋町的时候，他则长居于八百三。

据说他去黄檗山，是因为那里气候凉爽。寺堂的房间宽敞，有清凉的过堂风拂面而过，他最中意的就是这点。然而山里豹脚蚊特别多，他白天也要支起蚊帐，在里面画画。

不管怎么说，被树林包围的寺院肯定比不上城镇。

他去八百三是这之后的事了。八百三那儿的房子正好是古典的格子结构房屋，正房西面有一间漂亮的浴室。弟子们经常一起去浴室给老师揉肩捶背，用现在的说法应该叫作按摩推拿吧。田能村先生满面红光、健健康康的模样，现在还能浮现在我的眼前。

四

大火把我家烧毁后，我们一家三口搬到一所小小的房子里住下来。那时，如云社每月十一日如期为当时的创作者举办展览会，还在另外一个房间里陈列已故创作者的名作。那个时候，我每个月都期待着十一日的到来，迫不及待地要去那里看画。

然后再把画好的名作缩图都带回家去。我坚定不移地认为，在绘画热情方面，自己是不会输给任何人的。有一次在如云社的活动上，芳文先生还夸赞过我："你可真是个有热情的人啊。"

在展出屏风作品的祇园祭上，或陈列藏品的博物馆里，都少不了我的身影。不管是花鸟人物画还是山水画，我都会不厌其烦地悉数画下它们的缩图。

应举的老松屏风，元信的岩浪隔扇画，抑或是又岛台的著名美人屏风"又兵卫"……翻看以前的缩图帖，会出现各种各样的临摹画。

祇园祭上有各种屏风画，我去的时候就拿着小型缩图帖和便携砚台盒。到了那儿之后，一屁股坐到古屏风的跟前，一幅接着一幅画个不停，连脚丫坐麻了也浑然不觉。另外去博物馆之类的地方，我从早站到晚，画起缩图来连午饭都顾不上吃。我记得很多时候是越画越起劲儿，就忘记肚子饿了。

我刚开始临摹得并不好，专心致志地照着原画画，画得多了自然顺手起来。

无论是临摹混杂人群还是单人立像，我从伸出的拳头、迈出的脚尖，或其他地方开始起笔，都不会把缩图画走样，画得准确得体。

五

曾经有过这样一件事。

那时还不像现今有这么多的拍卖会，不过在真葛之原等料理店经常举办这种活动。

我每场必参加，一场都不曾落下过，看到心仪的作品就立刻临摹下来。然而，参加拍卖会的人大抵是去买美术品的顾客，而我去那儿只是为了画画。

在一幅作品前坐定，拿起笔就画个不停。所以，我是不可能打扰不到前来拍卖的顾客的。

有一回我正在临摹作品，却被一个坏心眼儿的旧货店老板教训了一通，他大摇大摆地走到我身边说："人家来看作品，你坐在那儿岂不是太碍事了？等没人的时候你再来画吧。"

那时拍卖会的目录很简单，不像现在这样附有拍品的照片。如果拍卖会上拍卖定家卿的怀纸，目录上就简简单单地印上几个字"定家卿的怀纸"。所以我就不得不亲手画下临摹画。

被那个人狠狠地教训完，我立刻默默地收起缩图帖，狼狈地回去了。我记得那次举办活动的地方貌似是平野屋。

刚走出门没两三步，不知为何，我的眼泪竟夺眶而出，吧嗒吧嗒地落了下来。

六

第二天，我让人给那位老板送去蒸点心，并附上一封信。我在信里表达了自己的歉意：

"打扰大家的雅兴，实在抱歉。没想到自己一心研究绘画竟然给您带来困扰。今后我一定多加注意，请务必允许我去画画吧。"

之后，这位老板对我的态度明显好转了。

现在拍卖会都有登载照片的拍品目录，不必如此小心谨慎也能知道现场有怎样的名作，但这在过去却是难以想象的。虽然没照片带来诸多不便，不过我亲手临摹这些名作也学到了很多知识。

那时在四条的御幸町的一角有家杂货铺，商品琳琅满目，其中就有一种名叫吉观的染料。另外那儿还卖从东京进货来的芳年、年方等画家的锦绘。实际上除了这里，京都还有另外两三家卖锦绘的店。我从锦绘这种画中，也能发现无穷的乐趣。

七

在南画广受大众喜爱的时代，每年都有人租借大寺院举办大型南画展，展出很多大幅卷轴作品。

举办如此声势浩大的活动，必然需要大量经费。那么这些经费从哪儿来呢？其实是创作者们一起凑出来的。我虽然完全不属于南画派，也一定会为画展画一幅尺八①之类，也就是捐赠画作。虽然我捐出的画从来没在展会上展览过，但是我画的时候却非常愉快。

而今，有人找我给那些捐赠画写题函签，我的眼前还能清晰地浮现出当时的种种生活。那时，我就像收到了谁的嘱托似的，开开心心地画着那些工笔画。

不，还不仅如此。在东京前美术院时代，有一个叫绘画协会的组织每年举行展览会。按理说京都的创作者们大体跟这个活动没什么关系，可是我们依然为绘画协会捐画，以减轻他们活动经费的负担。现在想想这事儿真是奇妙，不过当时大家都觉得帮帮忙也没什么，是理所当然的。

眼下诸事繁复，再也不能像旧时那样愉快地画捐赠画了。回顾那段岁月，真是让人倍加感怀。

---

①书法、绘画用的宽一尺八寸的纸、卷等。

八

翻看早年画下的缩图帖，各种各样的图案次第展现在眼前。殿上人演奏管弦的样子、纪贯之的草体假名、竹杖会举办写生集会的速写、松筐儿时喝着乳汁的稚嫩脸庞……无限往事重现，历历在目。

松筐那时的脸蛋儿圆乎乎的，一年一年长高后，他的圆脸变成了现在的长脸。不过，眉毛那儿和眼睛周围都没什么变化，还能依稀看出儿时的影子。

画帖里还有一张关于四郎（栖凤之子）童年的画。画面中进门的位置如今已经变了模样，那会儿是竹杖会的习画教室。八田高容、井口华秋等画家正在画着大作，四郎来到房檐下正在玩耍。我在等待的间隙，先画下了这幅一寸的小图。

另外一幅写生画的是扇雀小时候出演的儿童角色。我当时正好在南座看演出《伽罗先代萩》，就画下了他饰演的千松的形象。连演出服、布料的纹理也一同画了下来。有一次我见到雀扇，对他说起了这事。他说自己都忘了那时穿的什么衣服了。经过我的描述，他这才想起来。

九

松筐结婚前夕，眼看着婚礼一天天临近，我的母亲却突然得病了，她躺在病床上痛得呻吟不已。我一头要照料母亲，一头要顾着筹备婚礼。而且一直以来家务事都是由母亲一人操劳，她病倒后，所有事就一下子落到了我的身上，一时间忙得不可开交。更让人手足无措的是，我还有必须画完的画。婚礼马上就要举办了，我的手冻出了一道道口子。这是因为我必须为母亲清洗尿布之类的衣物。那阵子，我觉得指尖特别疼，就去看医生，结果被告知手上长的是冻疮。如果治疗不及时，我这根画画必不可缺的右手食指就要面临被切去的后果了。

昭和五年

画道与女性

　　即将嫁入高松宫家的德川喜久子公主要增置一件家具，所以，作为旧臣总代表的京都大学新村博士受命来到我家，委托我挥毫创作一幅屏风画。我接到这个任务是在去年九月。我最初的想法是，首先在当今皇太后陛下尚住在皇后宫之时，曾命我画"雪月花"三联画，我先将草稿呈交上去，在得到皇室内部阅览的同时，又将交稿日期往后拖了又拖。此外，我还接了很多人的委托，欠下了不少画债。显然如果接受博士给的任务，我就得在有限的时间内画出如此喜庆吉祥的屏风画，那么画债又要向后推了，不仅如此，我还要考虑公主是否会喜欢我画的画。所以，我再三拒绝了博士的请求。但是新村博士规劝道，喜久子公主以前就非常喜欢你的画，这次的谕旨也是公主本人特别请求下来的。他还恳切地说，不必重新画一幅全新的画，如果你手头现在有正在画的画也行，只要画好了给公主便可。听了这番话，我忽然想起正在巴黎展览会上展出的二曲片双屏风画，估计它在当年年末就能回来。这幅屏风名为《少女》，画的是两位德川中期的町家女儿，前几年曾在圣德太子奉赞展览会上展出过。我便对新村博士说了自己的想法，如果再画一幅与之前的《少女》组成一对，可以勉强赶上约定日期。最终，我接受了这项重任。

　　新秋渐至，我专心构想新作的立意与构图。为了配合早前画好的德川中期町家少女屏风画，我觉得第二幅画采用同一时期的风俗最为适宜。至于画中人物的年龄，我联想到了帝展展品中那位向后而立的中年妇人。日暮将至，一位端庄优雅的上流社会妇人坐在长凳上，闲看庭前荻花竞相绽放……我如此推敲腹稿。正巧，我当时想写生盛放烂漫的荻花，就接连几天清早起来去高台寺。

　　这幅屏风画中的女子身着黑色轻罗，微微透出朱鹮红的贴身衬衣，嗯，这也是我前几年为帝展所绘的向后而立的妇人，她斜侧着身子而坐，长长的衣裳下摆遮过伸出的脚面，在脚的近旁画上了两三枝荻草，为画面增添了几分情趣。另一个片双中的两位少女，不论腰带还是衣裳，色泽都显得相当华丽，为了形成对比，我在画新屏风画时尽量选取素雅的配色，荻草的叶色也完全没有使用写生稿里生机盎然的铜绿色调。原本荻草杂生、枝叶繁茂，不过我为了凸显幽寂之味，特意把它画得单调了。

　　我从十月开始着手，基本画好的时候都已经快到十二月了。然而，那幅原本在十一月末就能送回来的巴黎展品却迟迟没有动静。我一问才得知，屏风画参加完巴黎展，还要在比利时等欧洲国家的展会上继续巡回展览。但两幅屏风画若是凑不成一对也就没有了意义，我发过电报询问国外后，得到回复的时候已经是十二月了，就算把我给予期待的《少女》运回来也赶不上交货期。所以，我完全没想到还要重新画一遍。这件大事严重打乱了我的预定计划，万般无奈之下，我下决心重新拿起画笔。幸好我还有以前的草稿。快到十二月中旬左右了，才将草稿誊画到正式画纸上。

我没有改变原来的构图，而是稍微改变了色调，把左侧曲腿蹲坐的少女身着的和服画成了浅红色系，为了让这两位少女形成对比，我并没有对右侧少女的浅紫色的和服进行修改。原来那个蹲着的女子腰间系着深绿色的腰带，能看到腰带上绣着金线的泥绘①纹样，而在新的画作中，我改用了吉祥寓意的凤凰图；我还相应地做了些微调，把象征春季的翩然飞舞的蝴蝶由四只改成三只。本来早就应该完成这个作品，可眼看着时间越来越少，我在截止日期前的那几天，每天都要画到深夜两三点。

就这样，我终于在一月二十六日凌晨两点左右画好最后一笔。前后历时四个月，我从未间断过绘制。这对屏风画，可以说是我近来专心致志制作的作品了。

关于风俗画时代

以前如果有人委托我画明治末期左右的画，我也会画出当时的风俗来。不过大体而言，我所画的画里罕有现代风俗，大多都带有历史特色。画了历史题材的画之后，我觉得自己好像大体画下了所

---

① 又称泥画，兴起于江户时代末期，用于戏剧招牌、布景、拉洋片等。

有时代的风俗。说起这个，我记得第九届文展上展出的作品《花筐》取材自同名谣曲，这个故事发生在继体天皇统治时期，所以历史背景相当古老了。大正六七年，在京都举办过一次关于林新助的纪念展上，我参展的作品《清少纳言》采用的是纵向长约三尺或三尺八寸的画纸，不过我记得此前也为明治二十七或二十八年的博览会画过清少纳言的画。回想起那时，我曾以新田义贞、平重衡、源赖政等人的历史故事为题材，还画过大石义雄和轻离别的场面，也画过《朝颜日记》的深雪等。虽然画过各个时代五彩纷呈的风俗，不过细细想来，我画得最多要数德川时代的风俗了。

不知为何，我觉得德川时代也是中期至末期的风俗独具魅力，特别吸引人。我也不是一心只想画那个时代的风俗，就比如画少女吧，我总觉得生于那个时代的少女极其温文尔雅，而且从梳子、簪子、发笄等发饰或其他服饰中都能窥见当时的物品多样化的进步。总之当我想画什么时，让我浮想起来觉得最有意思的，就唯有德川末期的风俗了。

我现在并不是不想画现代风俗，或许在未来的某一时刻也会手握画笔画下来。不过如果画现代的风土人情，我想尝试往画里加入古典韵味，绝不会过度强调写实性，画出帝展上展出的那种现代风俗画。所以我每次去看帝展等展览会，都不曾遇到一幅合心意的画，只觉得目之所及的作品没有一样说得过去。我一边看一边思考，这大概是因为现代风俗本身的写实性绘画技巧，没能引起我的共鸣吧。呃，硬要说的话，也是因为有类似不满的东西，在眼花缭乱般不断前进的流行激变中缺失理想的统合。

关于年轻女画家的志向

与男人相比，女人尤其会在学习绘画的道路上遭遇各种各样的困难。我家也有几十个年轻女弟子在学画画。其中也有一两个人是破釜沉舟、舍弃了一切，决心把绘画当作终生事业，而且她们的家长也很支持。不过一般来说，女子到了适婚年龄，必定会为家庭琐事或其他原因所累，很难坚守绘画的初心。

要想习得一技之长，就算是男子也要付出努力，更何况女子呢，不抱着更加坚定的意志便学无所成；刻苦努力的劲头也好，不服输的顽强意志和强烈决心也好，这些如果都不在常人之上，那么就算遇到有志于绘画事业的年轻人找你来谈心，你也不能轻易劝服对方，一旦劝解失败，对方反而想破罐子破摔了。我经常收到来自远方的陌生年轻人的来信，"不管要付出多少辛劳，也请一边为柴米油盐操劳一边给我学画画"，但是我基本上不做任何回复。偶尔能收到同一个人寄来两三封信，我也就不得不回复一下了。然而到现在为止，我还写过这种信多少打消了年轻女子想要成为画家的念头——在京都、大阪一带，还有很多人看了帝展就心潮澎湃起来，甚至连自己的天分有几分都不了解，就被轻浮的虚荣心驱使，也想当个画家。殊不知在通往一名合格的画家的路途上，需要经历漫长的岁月，还要注入相当多的资力，所以这绝不是靠一时起兴就能成功的事。

女性研习画道何其艰难，需要难以言说的忍耐力。拿我来说，也不知遇到过几十回让自己懊恼愤懑的事。如果一件一件地斤斤计较、与人生气吵架，也解决不了问题。也不知有多少次我都隐忍不发，心里暗想"等着瞧"，咬紧牙关，泪水往肚子里流。所以，我认为气度小、意志不坚定的人是无法胜任绘画这份工作的。

关于业余爱好的解释

我基本算是个身体结实的人。一直以为这是母亲遗传给我的，不过近来，她患上中风卧床不起了。别看她现在这样，以前可是个体质结实又意志坚定的人。父亲早早去世后，留下了我和姐姐这两个孩子，母亲没办法只能继续经营父亲的茶叶生意，独自抚养我们姐妹俩。

大概遗传了母亲充沛的精力，好歹我的体质也很结实。我不耐热，更耐寒。所以，在每年十月左右至翌年三四月期间都能沉下心来持续创作。为喜久子公主画屏风画的时候正好是气温适宜的季节，我姑且算是运笔流畅、一气呵成地完成画稿。然而到了六七月，我就没什么耐性继续画画了。

我以前师从杵屋六左卫门派的师匠学习唱曲和弹奏，现在都荒废了，只有谣曲还在继续学着。每个月请金刚流的师匠来我家四趟，让他教儿子松篁、儿媳多稔子，还有我练习谣曲。我这人的性子就总觉得绘画以外的事物都是外行人的业余爱好，所以难以全身心地投入其中。不论是三味线还是长调，抑或是最初的谣曲，我都学得马马虎虎的。不过最近我的想法有了转变，无论学什么业余爱好，既然想学好，就应该至少为一样爱好付出努力。正巧，我们六七位女性现在每三个月办一次三番谣的集会，在聚会时我聚精会神地投入其中。下一次集会，我被派到了能剧《小锻冶》中的配角，虽然还不能胜任，不过一尝试这个角色后，感觉自己多多少少也能专心学谣曲了。有的人唱得好，即使是一个音调，也蕴含着不可言喻的微妙情趣。我不光聆听品味曲调的音律美，还鼓起勇气迎难而上，要把它学好。

在这个势头下，我想要唱出有难度的韵味的心情和勤勉，虽然形式不同，却和我努力学习绘画的心境有异曲同工之处。我渐渐觉得，学习谣曲同时也对绘画有间接的帮助。作为一个画家，如果只是一头埋在画画里，就会变得死板不知变通，让构思和画法走进死胡同。果然，我学习谣曲还是为了让自己的艺术能得到一些成长。

喜爱的发髻及其他

褐色的和服裤裙

我在画院学习绘画的时候，有一个老前辈名叫前田玉英。那会儿我大概是二十二三岁的年纪，画院让女学生穿褐色的和服裤裙，所以我门都得服从要求，穿裤裙上学。我还记得因为规定穿裤裙，还让人买过鞋子。

束发

说起来，那还是在明治二十一年左右，各个领域都风靡西洋文化，走在街上就能看到几个梳着西式束发的女子身影。最初流行的束发发型，是把后面三组头发盘成圆形，罩上发网，再把刘海放下来剪齐。玉英前辈当时就一直跟着这样的流行风尚，而我也梳过束发，并且往头上插上一根蔷薇花的簪子之类。

和服的图案

和服上曾带着黑色的领口。现在流行花色朴素、纹样细碎的布料。我现在还在留着在十三拜①时穿过的和服，穿上后也不觉得特别异样。越到后来，和服的图案越有一种颓废的华美——大概就是这种风格。

黄八丈②与绉绸

现在，我想起一件很奇妙的往事。在我二十二三岁，明治三十年的时候，男人们流行在黄八丈的和服外面套一件绉绸的外褂。松年先生、景年先生等人都是这副穿衣风格。

羽早稻与裂桃髻

我家以前一直住四条通，在如今的万养轩的所在地开了一家茶叶铺。然而在我十九岁那年，我家毁于一场大火，粉本和写生稿也都化为了灰烬。现在万养轩对面是今井八方堂，原来是小町红。每天都有顾客在那里排队买唇脂，店家往小瓷碟里挨个刷口红。从乡下来京的人们常常成群结队地聚在店里，町上的少女们也来光顾那家店。我记得那时，少女们经常盘着羽早稻发髻。所谓的羽早稻比鬓下地的发髻要大一圈，而且看起来更高雅。

---

①日本民俗之一。阴历三月十三日，十三岁的孩子为祈愿获得智慧和德福而去参拜虚空菩萨的习俗。
②黄底格纹绸。

在当时也有姑娘梳着裂桃髻。这种发髻非常漂亮，但是跟羽早稻相比，不知何处还是缺少了些许的韵味。

扬卷[①]

从甲午战争到明治三十年前后，日本女性流行梳扬卷。前几年，镝木清方先生在帝展上展出了一幅《筑地明石町》，画中的妇人就梳着这种发型。现在也偶尔能见着梳扬卷的身影，这种扬卷兼具朝气与调皮的情趣。

那时，既有人梳着华美的大发髻也有人梳着精巧的小发髻。或许是因为发髻梳理的大小，它们的称呼也有所差异。还有一种跟扬卷很相似的发髻叫作英吉利卷。

华美的东京女子

大阪有一位闺秀画家叫尾形华圃，她大约比我年长三岁。跟她逛东京博览会那次也是我人生第一次去东京游玩。我们还去了日光等地，花了一周时间一直在参观名胜古迹。

在一处貌似百货商店的地方，年长或年少的女性纷至沓来，她们的身影也比京都人花哨浓艳，华丽得让人眼花缭乱。还记得在博物馆遇到的那位女画家。她梳着时髦的发型，鼻子上架着一副眼镜，身着华美的和服外褂，挎着色彩艳丽的包袱，而且手正在执笔画着什么作品的缩图。见她一副像煞有介事的架势，我就凑近看了

①明治初期女性的发型，头发全部梳理到头顶卷起来，用发针别住。

170

一眼，心想：什么嘛，画得也太糟糕了吧。

鸳鸯髻

最近流行华丽夸张的束发，日本传统发髻却渐渐消逝了。比起束发，我则更喜欢日式发髻。

自古流传下来的日式发髻中，很多造型都令人赏心悦目。现在那些难得一见的美丽的发髻，还依然保留在某个地方。它们就保留在戏剧表演的假发中。

鸳鸯髻等发型也是可爱又文雅的。鸳鸯髻原本是京都风情的发髻，插在岛田髻上的捌鬘[1]形似鸳鸯的尾羽，捌鬘桥左右两侧各有一个顶髻就像一对相亲相爱的雌雄鸳鸯。我记得在戏剧《椀久末松山》中，椀久的妻子就梳这种发髻，另外《三胜半七》的阿园似乎也梳着鸳鸯髻。

从前的鸳鸯髻不再适合现代风尚，所以我尝试做了一些改进，把盘发挽成裂桃髻，顶髻则梳成鸳鸯的形状。京都日式发髻的实干派们成立了"新绿会"，该会研究各式的发型。有一次新绿会的会员来问我，能不能帮他们构想一种新发型。我说"如果发髻盘成鸳鸯，再把盘发梳成江户子，不知效果如何"，后来我就实践了一番。设计好后，我立刻把它展示给大家看。这个发髻很新颖别致。

---

[1]歌舞伎的一种假发，通过系发髻的绳子断开，来表现头发散乱的样子。

171

裂笄

对过了花期的女子而言，裂笄散发着难以言说的情趣。这种发髻有形似岛田崩的地方，非常适合婚后育有小儿、剃落眉毛的女性。

流行

不论是羽早稻还是裂笄，这类发髻都已消失在日常生活中，但戏剧的演出假发还保留着各种美丽造型的发髻。把发髻盘结成具有现代风情的江户子发型，或者在发髻上装饰捌鬓桥，再往发髻上横插一根发笄，对传统发髻巧加设计便能花样翻新地打造出别致的发型。

而当下很多人都争先恐后地追逐时尚潮流，她们也不顾那些流行的东西是否适合自己，从和服的纹样再到发型款式都原样模仿下来，结果把自己打扮得奇奇怪怪、不伦不类。这些人或许是自我感觉良好吧，可谓不知者无烦忧，她们看上去还颇为气定神闲。想来，这是一个特别不可思议的现象。希望我们女性都能认真思考一下什么样的东西、怎样的发髻才是最适合自己的。

高祖头巾①

然而，梳着时下不流行的发髻也会显得太过庄重华丽。正因为这种发髻会引来他人注目，所以要是没有自我感觉非常好的信心，

①女性用的头巾，四方形呈袖状，遮住头和脸，仅露眼睛。明治时代以后，一般用紫色绉绸和纯白纺绸等布料。

便会自惭形秽。

说到这儿，花柳界的艺伎们就很有勇气。有一次在先斗町，我和远近闻名的美人吉弥谈天时，说起了高祖头巾。我觉得用紫色绉绸之类包裹住头，露出一张白净的脸庞，显得人特别有朝气。吉弥听了我的话也深表赞许。因此我劝说她："你特别适合抹香粉。"她便说要尝试一下。聊完天，我们就告别了。

我真心希望妇人们能有魄力，靠自己的双手创造出时尚流行来。

武子夫人

不过要想成为时尚前沿的弄潮儿，却需要时间和金钱。而且，非是美人不可。所以我觉得，如果是美人，不论什么样的装束风格都适合她们。

要说最近引领日本潮流的先驱者，我就想起了九条武子夫人了。

武子夫人生前为了做和服，都是亲自去布料店挑选风格或纹样，订购中意的布料。前些日子我在大仓男爵、横山大观等人的迎送会上，得以有幸遇到京都城内屈指可数的美人们。席间的女子有的眼眸明亮，有的发际线圆润，还有的嘴角可爱，总之，很多女子都是单个五官长得很漂亮，却罕有长着一张精致脸庞的。首先，我总觉得那个领域的人缺乏文雅气质，光是这一点就让人觉得缺憾。说到这儿，我认为像武子夫人这样的人真是世上罕有。

模特儿

在大正四年至大正五年间，我想画一幅《月蚀之宵》参加帝展，就请武子夫人做模特儿。但是我不像西洋画家那样，只从一个角度对人物进行写实性描画。我通常是这样写生的，先从各个角度观察模特儿，画下我认为好的部分，最后综合整理。所以就得麻烦武子夫人一会儿站起身一会儿又坐下去，我从侧面和背后等不同角度对夫人进行写生。

我也时常对着镜子画自己。穿上绉绸之类的柔软衣服，来到镜前观察衣服皱起的线条。这样画画就不必顾忌模特儿和自己的感受，镜里镜外都能放松身心，无拘无束。

昭和五年

案头第一品

缩图册

那是很久之前的往事了。有一天后街突发火灾，几家房屋被烧得噼噼啪啪作响，眼看着火苗向我家袭来，我一时手足无措了。火势十分迅猛，连把财物和家具搬出去的工夫都没有，我正要孤身逃出去的刹那间，忽然想起得抱着某些东西逃出火场，便环顾四周寻找。啊，就是它们！我立刻用包袱皮把它们装起来。我要救出火海的就是长久以来画下的缩图册和写生本。

幸好那时没有引起大骚乱，我们家也没特意避难，大火就被扑灭了。但是在如此性命攸关的时刻，我刹那间想到的就是要保护缩图册和写生本，足见这两样东西在我的记忆中有多么深刻、有分量。因为册子是用各类纸张装订而成的，所以开本有大有小，薄厚也不尽相同。历经几十年的不断积攒，这些画册摞起来已有二三尺高了。

女子学习绘画的情况早已今非昔比，我年轻时真是吃了很多苦头。面对世人的目光、同僚的打压，我还曾数次忍不住黯然落泪。在这种时候，我能一边咬紧牙关决心将来给他们好看，一边鞭策自己努力学习。于是，我去参观博物馆或拍卖会，一看到喜欢的画就赶快临摹下来，最后再将这些临摹画聚集到一块，精心装订成册。这些对我而言都是价值连城的参考资料，哪怕是翻看一两遍，我也能从中找回无限的记忆。我在画册中编织着每个瞬间的泪珠，也一笔一画地记录下当时的感奋，所以缩图册承载着过往那些难以忘怀的记忆。

拍卖会

以前就算举行拍卖会也不像现在这么热闹，人们只是偶尔在祇园的梅尾附近开几场小规模活动。不过对我而言，拍卖会却是难得的学习场所。每逢拍卖会，我就拿着便携砚台盒，来到画跟前临摹。那时我年轻又充满热情，常常坐在画前面一画就是一整天，有时连午饭都不吃。

因为是拍卖会，所以主办方会根据情况更换拍品。如果在我吃午饭的空隙，临摹到一半的画被换走了，那岂不是前功尽弃嘛，所以我才一直坐在那儿画个不停。当时还不像现在，也有人在拍卖场里画缩图。再加上我身微力薄、默默无闻，店伙计或学徒就经常说些坏话"啊，那丫头又来了"，还故意让我听到。

曾经发生了这种事——有一次我正在拍卖会场忘我地埋头画缩图，就被店掌柜狠狠训斥了一通："啊，喂喂！你坐得那么近，打扰顾客来看画了。"我听了不禁落下眼泪。其实我从一开始就小心谨慎，生怕妨碍到店里做生意，画画的时候尽量不占太多空间。被人这么使坏、劈头盖脸地批评，我一时哑口无言，只得默默流泪。那天，我让伙计带着良则的带馅点心和一封信给这位店掌柜送上门去。我在信中诉说自己学习绘画的热忱之心，还对无端妨碍店家生意表达歉意。对方收到信后不仅不计前嫌，还给我寄来了明信片。之后他再见到我，还关切地说"来了啊，快进来"之类的话。这反而让我觉得有些过意不去了。

博物馆

博物馆对我而言，是一处无与伦比的习画课堂。

古语云，一年之计在于元旦。所以我怀着感恩之情，决心从元旦这天开始学习。清晨用屠苏酒庆祝新年后，我便早早地出门去博物馆。近年来博物馆在正月里也连休五天年假了。但在我学画画的那些年每逢正月，博物馆也不放假，馆里经常展览当年干支的绘画作品。我到现在还清晰地记着一件事。在某年的元日早晨，我兴冲冲地起床，没想到一夜之间大雪纷飞，外面已是白皑皑的一片。我不禁惊讶不已，虽然心里也打了退堂鼓，但这也算不上困难，就不顾一切地走在雪地里向博物馆进发。

不知从何时起，我只画女子画了。开始学习绘画的时候，当然是什么题材都要临摹的。我原本喜欢自然景物，但人物画也画了不少，而人物画中又属女子画画得最多，不过花鸟也好山水也罢，凡是有价值的画我都一一临摹下来。现在拿出早年的画册，还能看到吴道子的人物画、雪舟笔下的观音、文正的鸣鹤、元信的山水、应举的华年、狙仙的猿……我恐怕是把博物馆里陈列的寺院藏品都画了一遍。

有一次临摹应举的《老松积雪图》。那图好像是在一个六曲屏风上。我由上至下临摹，未曾想过，这本用美浓纸缀成的画册不能装下整幅缩图。真遗憾，如果下面再多出二寸纸就能画完整了。我觉得做事半途而废将会给人生留下懊悔，于是那晚回家后，又在画稿下端补了一条纸。第二天，又继续画剩下的部分。

节日的夜晚

祇园祭的夜晚，中京的大型店铺都会展出屏风，我边走边摹写也算是一次难得的学习机会。事先征得屏风画的主人的许可，我通常坐在一幅画前花上半天工夫画缩图。福田浅次郎先生的家中珍藏着由良之助和轻的画，丸平人偶店里有萧白笔下的美人，另外鸠居堂也有萧白画的美人图。山田长左卫门先生和山田嘉三郎先生都收藏着又兵卫所绘的二曲屏风画《美人观樱图》，我还记得找嘉三郎先生临摹过那幅画。前些时候，长左卫门先生的那幅美人观樱图在拍卖会上拍卖，我时隔许久才再次瞻仰那幅真迹。两幅美人观樱图虽然构图、色彩都一致，但是笔致上却有些差别。一个笔法细腻缜密，一个偏粗犷豪迈，故而两幅画就有了截然不同的韵味。那幅粗犷的画是后来摹写的作品吗？我也不禁疑惑起来。

写生

我把缩图和写生混杂装订在一起了。这些画册原本也不是供外人看的，我只是把它当成备忘录，能随时学习学习。翻开边文进的花鸟画缩图，下一页是对两三岁的松篁爬动的写生；而仇英的山水阁楼图，又紧挨着桥本关雪小姐骑马的素描。

看到画中的关雪小姐，明治三十六年的往事又重现在眼前。那一年，栖凤先生完成了屏风画《罗马古城》，我与西山、五云以及画塾的学员们一起去上加茂周边写生。我正在画农家女子、犁地的牛时，说了一句："下一张想要画画马。"桥本小姐便对我说："那我骑上马给你瞧瞧。"她身手敏捷地跨上马背，我便画下了她骑马的情景。

就这样一页一页地翻看画册，栖凤先生的元禄美人随之映入眼帘。另外还有一位叫桥本菱华的人所绘的《竹林之鸟》、春举先生的瀑布山水画、五云先生的猫图等，我将彼时令我怦然心动的画都临摹了下来。

不论怎样，我把四十年来画下的画都集结成册，现如今，它更是我的参考资料，放在画室的案头以便随时查阅。这些画册是我生命中最珍贵的东西，所以，哪怕是遭遇像上次那样的火灾，我也会在性命攸关的时刻第一个想到它们，并用包袱打包，保证它们平安无恙。

昭和六年

179

彩虹与兴致

我现在正在画一对妇女风俗屏风画，选用的是德川末期的风俗，再过些时日即可完成。

这对屏风画好后将会送到东京的某户人家。绘画题材之类大体都交由我本人构思，不过我想捕捉与以往不同的画面，才迟迟没有下笔。接到这个委任是在今年晚春早夏时节，我想顺应节候，就把主题定为夏初美人风物。

绘画题材的设定是至关重要的一环，所以需要时间去构思打磨。一天傍晚，骤雨刚刚过去，天气清爽舒适。我正在屋里冲凉，听到有人喊："出彩虹了，出彩虹了。"我不假思索地从水里出来，朝着东方望过去。果然，一道艳丽的彩虹悬挂在天边……看着看着，我忽然想到屏风画的主题，立刻在脑中勾勒出了雏形——以彩虹为背景，组配人物。

这出人意表的兴致扣动着我的心弦，让构图之类一下子涌上心头。那一刻，我才确定了大概的绘画方案。

左边的片双里，画面近处是一张长长的竹凳，一位姑娘正坐在凳子上。在长凳和人物的身后有几株夏荻。夏荻正值花期，开着雪白的花絮，叶子上含着傍晚骤雨初霁后的雨珠。

右边的片双里，一个怀抱着幼儿的女子立于画当中，背景就是一道彩虹。

我想用这组画表现初夏某个傍晚的凉爽氛围，轻快、明丽的感觉在雨后湿润的空气中缓缓流动着。如果那清爽的氛围能够与妇人的俊美融合，并酝酿出一种澄澈优柔的东西，将会让人备感幸福。

虽然彩虹由七种颜色构成，但屏风画里就不能一条条清晰地画出赤橙黄绿青蓝紫。七色彩虹固然缤纷靓丽，但是它的色彩也会打乱整幅画的节奏。为了不出现这种破绽，我下苦心研究了一番。

我曾为德川久子公主出嫁所绘的，如今收藏在高松宫家的那对屏风画，也和这组画的调子相近。我同样在那组画里添加了荻草。不过为了烘托右边画里的中年妇人，我画的却是秋荻。

我刚刚在前文稍微提到了关于兴致的事。对于我们执笔创作的人而言，这种兴致是至关重要的，因为兴致的高度与深度决定着作品走向。乘兴创作出的作品中，小而简单的画姑且另当别论，大而有力的画则是创作者们想再现都不可能再现的。

我在东京和这边（京都）看过两次帝展。会展上也摆出了很多妇人画，先不评说善恶可否，单单是浓烈的设色就让我大吃一惊。虽说是表现会场艺术就得浓墨重彩，但对所有创作者而言，在画布上涂抹一层又一层的颜料、再在颜料上勾勒线条的做法都是相当辛苦的。

看到大家都如此努力，这几年来一直没参加帝展的我也深受鼓励，每年都会萌生出"今年一定参展"的想法，虽然周围人也推荐我去参加，可是自己觉得相形见绌啦，被人追讨"画债"啦，到头来还是没画成。

在东京看完帝展，又顺便去看了已故画家的遗作展，不过以妇女风俗为主题的画却少之又少。

其中，给我留下深刻印象的就是桥本雅邦先生的水墨天顶画中的龙图。老辣之笔，真是非凡脱俗。这样的画作让观者点头称许：雅邦真不是个寻常人。

这幅天顶画占据了满满一面墙，因为图幅面积巨大，观者站在画前根本无法看全，所以四个角落里安置了梯子，人们就可以登上去俯瞰全貌。

为了看仔细，我也爬到梯子上。巨幅画铺展在眼前，精彩得简直令人窒息。

雅邦先生画这幅画的时候，也一定处在兴致亢奋的状态。如若不然，他怎能创作出如此巨幅的震撼之作呢。

方才说，由高昂深邃的兴致催生出的作品是难以复制的。我对此深有体会。

《月蚀之宵》是我参加某届文展的展品，依然是一对屏风画，画的是女子们看着明镜反射出的月蚀之影的情景。就像这次忽然想到彩虹一样，我也是在这样的兴致下画完了这幅画。

须磨的藤田彦三郎先生特别想要《月蚀之宵》，很早就跑来跟我约定要买下它。不过他还是来迟了一步，我已经许诺把这幅画卖给弘前的某位买主了。为此，藤田先生没能将它纳入囊中。他非常不甘心，恳切地请求我再为他画出一对一模一样的画。我便暂且答应他了，但是思前想后，还是觉得自己不可能再画出与之前匹敌的画，而且就算画出来了，也终究不是最初的模样。所以就没动手给他画。

所以，第二次的兴致之类就相当于捏造的兴致，如果靠捏造的兴致画出了画，这种画也只能算是捏造的东西，一定是徒有其形而无其神的。

即便考虑到这一点，对于我们这些执笔之人而言，最初的兴致也是最重要的东西。

在兴致发生之初，它也一定是鲜艳且浓烈的，可随着时间的流逝，会渐渐褪去色泽，变得模糊不清。正好，就像那道彩虹一般。

做好准备不让这种兴致溜走，也是创作者不可忽视的重要事情。

昭和七年

雾霭的彼端

一

一整年里，我时时刻刻都想从焦躁中解脱出来悠闲地制作，也想做一些研究，不过每天的生活依然急匆匆的。现状既然如此，又能做些什么呢？如果诸事进展不顺利，人就会自我厌恶起来。我认识的创作者不多，所以不知道他们是怎么做的。但对我自身而言，从年始到年中一直被"没能画那个"或"这个也是这样"的想法追得焦头烂额，笔头上毫无进展会让我焦虑不已。

现在，我又一次为某皇族家宅画画。这幅作品也应该尽快完成，但如今交稿日期又是被我延了再延。

二

一整年都埋头搞创作看似幸福，实则对创作者本人而言也是痛苦的事。把该画的东西全画完，那么就能身无重负、神清气爽起来，再接着搞研究，一心朝自己喜欢的方向努力……世上恐怕没有如此幸福的事了，但是工作不会给你这个享受的机会。俗话说：事随人想，物随人看。一旦完成预定任务，工作告一段落后，或许心里反而徒生寂寞，还对制作恋恋不舍了。人的心真是任性，唉，在这种状态中受到的苦恼折磨，亦是人生的权宜之策吧。

三

我一直根据自己的爱好画出了如今这样的旧时妇人风俗画，也许会有人评说我是被旧时的风俗或思想过度支配了。我尝试着回顾旧时，并不是出于特别的喜好，而是认为这种绘画表现中蕴含着深度。大家都对现在及现在的事物一目了然。将现在原封不动地描画到纸上，这种画会有多少深度呢？

回溯历史，远眺德川时代近看明治时期，旧时风俗都与现在大相径庭。这种差异是时代的空气为我们适度渲染的结果。现在的事物全部暴露在眼前，大家能看得一清二楚，但过了五十年、七十年之后，再回顾这段来时路，便会发现身后横亘着一道用毛笔渲染开来的美丽雾霭。我想隔着这道雾霭眺望往昔的时代。

所谓现代，就是事物在当下写实地、清晰地发展下去。坦露就是毫不隐瞒，公开就是毫不遮掩，不加变动这才是当下的社会习气。但是在我眼里，这些都不显得浅薄。

我现在心里有个愿望，在目前的心情平稳后，想画一画现代风俗。

我不是那种固执的人，只礼赞过去的时代而诅咒现代。现代就是现代，我能认同它独特的优点，而对于特别美好的事物，我也能与其他创作者一道感受其中的美好。说不定，描画产生这种心情的摩登式的现代风俗，也能让我找到乐趣。

不过要画现代风俗，该如何处理它，又该采用怎样的表现呢？不到提笔作画的那一刻，任何设想都是徒劳。但我还是粗略地想象了一番：肯定不能依样葫芦，原封不动地呈现摩登的纯粹面貌，所以是不是应该将那摩登引进到略带古典气息的空气中，再将二者充分融合的部分抽离出呢？

四

我经常从年轻人——特别是年轻的闺秀创作者的作品中学到很多知识。无须争辩的是，大家都深得绘画要领，表现技巧娴熟。不过，让人受教不同于情感共鸣。让人产生共鸣的作品寥寥无几，少之又少。这种作品必须是撬动观者个性的东西，即是说，画上的线条设色都应该浸入观者的情感中，奏鸣出同一旋律的曲调。

然而，用其他个性撬动根本的个性——这种作品大概是难得一见的吧。

无论走哪条道路，我的作品风格都源于自己的个性，是仅仅属于我的东西。所以植根于这种表现的作品风格，也许只有我才能终结它。但是这种事情怎样都无所谓，因为我并不是只偏爱过去，我还满怀期待，希望今后有那么一段时期，可以根据自己独有的思想和做法去尝试绘画现代的摩登风俗。

昭和七年

浮世绘画家的肉笔①

一

浮世绘画家的肉笔区别于锦绘，有一种别样的味道。这次收藏展览的作品形式多种多样，有屏风、挂轴、卷、画帖等。而且作品多达两百件，即使在这类展览会中，它显然也是非常值得一看的。我在现场也收获了不少的乐趣。

展会上的肉笔大部分创作于宽永②前后，相比之下，锦绘盛行的近代的作家的画却不多。比如，我就没有见到明治时代的大苏芳年等浮世绘画家的作品。

我觉得展品多出自宽永时代，大概是因为那时的无落款作品中有很多佳作。不过，近代创作者们的作品要是再多展览一些就好了。

---

①即肉笔浮世绘。浮世绘分为肉笔浮世绘和木版画两种。肉笔浮世绘即画家用笔墨色彩亲手绘制而成。
②日本江户时代初期的年号，指公元 1624—1644 年间。

二

旧时展品中，有俵屋宗达和又兵卫的作品。参展的屏风上，还画着版画中常见的少年少女玩拍线球游戏的情景，这种作品的优秀程度自不必多说。一些无落款的展品也看起来妙趣横生，它们自然都出自当时的能工巧匠之手，只是不知道作者姓甚名谁。有些没题字的作品也让人对作者浮想联翩，不过，想象终归是想象。毕竟好的作品无关乎落款的有无。

直率地说说我的观后感，浮世绘画家的肉笔果然要通过刻板印刷来显现——也就是说印成套色版画锦绘后，会让人觉得理想得多。不论春信、荣之[1]，还是歌麿[2]，他们的肉笔都缺乏锦绘的那种魅力。所以我觉得，浮世绘画家的画须得在锦绘上赏玩。

三

锦绘所拥有的那种如梦似幻的艳美的韵致——或许该叫作气息，浸入人的灵魂的温润感染力，总之这些都不能在肉笔中看到。不仅是我前文提及的春信、荣之或歌麿，所有的浮世绘创作者的肉笔都远比锦绘畅销，色彩之类也没有锦绘散发出的妍雅韵味，总体给人一种硬邦邦的感觉。

所以，看过锦绘后再看肉笔，就会觉得两张画完全不同，甚至让观者产生错乱"哎呀，这个是春信画的，还是歌麿画的？"恐怕

---

[1]鸟文斋荣之（1756—1829），江户时代浮世绘大师。

[2]喜川多歌麿（1753—1806），江户时代浮世绘画家，与葛饰北斋、安藤广重并称"浮世绘三大家"。

189

当时那些创作者们，每次看到自己亲手所绘的变成了美丽鲜艳的锦绘，都会情不自禁地微微苦笑一下："呀，变得相当好看了啊。"

这就是我从肉笔和锦绘中感受到的差异。不过，任何事情都不能轻易下决断，这只是我的大体感受。肉笔中也不乏杰出的作品，葛饰北斋等画家的优秀写意作品甚至可与版画相媲美。我还想起了竹内栖凤先生的展品来。北斋的《镜前女子》等，不论是笔致还是色彩在强劲的写意中都流露出一种娴熟的柔和之感，美不可言，堪称佳作。

四

总之，水平在春信以下的画者，锦绘要比肉笔胜出一大截。所谓锦绘的价值，不难说是由创作者本人的技术所决定的。精细的雕刻、精妙的印刷，经过一道道的制作工序才淬炼出了如此巧夺天工的艺术品，我觉得不仅创作者，连印刷工人们也做出了杰出的贡献。

观看肉笔浮世绘，就会发现笔致并没有那么流畅、纤细的美感，反而更多了一重生硬。如果制作成锦绘，那么这幅画便会如行云流水般舒畅，被处理得纤细精巧。让人得出如此判断：出类拔萃的雕工技术才能刻画出的如此柔软的线条。

接下来是色彩方面，锦绘也一直兼具优雅、精深与风韵。这必然归功于印刷工精练的技术和独具匠心的造诣。

所以，浮世绘画家的作品味道，不是通过肉笔，而是通过锦绘才能观察到各种各样的韵味。我一直对此感到诧异。

昭和七年

190

写生帖随想

不知不觉间，写写画画的写生帖到今天已经累计多达几百册了。一册写生帖里既有写生又有缩图，杂然混排。不过时而翻翻这些东西，一些意想不到的写生、缩图出现在眼前，那些被遗忘的往昔岁月被随之唤起，那些早已褪色的记忆又重新焕发光彩。对我而言，新旧写生帖都成了令人感怀的图画日记。

我的图画日记中，最早的一张画画于十三岁左右的少女时代。拙劣线条甚至让人目不忍视，却渗透出幼时习画的点点滴滴记忆，让我无限眷恋。与自己稚拙的写生和摹写并列的是一幅笔力纯熟的画作，仔细一看，认出是松年先生的画，果不其然画旁边还有先生的题字"模仿《日出新闻》插画的笔法"之类。

松年先生经常让我磨墨。他说，男孩子磨的糙墨不能用，女孩子磨的细墨好用。所以我经常为先生磨墨。他的大书桌上有一盏台式煤油灯，桌边的书架上放着卷成纸筒的画。先生在一张一张的纸上挥毫一番，左手放在胸口上，右手嗖嗖地舞动笔杆。他画到一定程度就停下手，把画纸卷起来砰的一下抛到一旁，再继续画下一幅。他每天晚上都这么作画。

我们经常摹写先生的那些画。每月十五日举办一回研究会，每年的春四月、秋十月还有大会。集会会场就在圆山的牡丹田，那时，我们总和百年先生的画塾一起合并举办，画塾的前辈们在会场里坐成一排。有时候，铃木派的人也独自举办演讲会，斋藤松洲、天野松云等技艺高超的人站在最前面，口角唾液横飞地为大家演讲"美术的未来""不得失去帮助"之类的演讲主题。

说起自画像，恐怕没有能比得上这张十六岁画下的画了。那时，我对着镜子摹写，看一眼镜子画一笔、再看一眼镜子再画一笔。这张画纸上还画着我洗头发和大笑的样子。

年轻时，大家穿的和服都很素淡。我现在还留着十三四岁的和服，就算到了这把年纪了也会把它穿在身上，一点都会不让人觉得奇怪。从前就是如此流行素净淡雅的物件。头上梳着蝴蝶髻，刘海略短一些，领口带有黑绉绸。这便是当时町娘普遍的穿着打扮的风格。与和服的淡雅不同，腰带则选用上好的布料，如带红点的友禅、棉麻的鹿子。

稍微时尚一点的少女会梳束发。在江户子发髻的基础上，前面留下刘海，后面再用网包住三组圆形髻。还有人穿着彩色毛线织成的开襟衫。

蝴蝶髻是普遍的发型，年轻一点的人还会修剪出刘海来。年纪再小的流行梳福髻，七八岁到十一二岁之间的少女则是稚子髻。

松年先生的画塾收了几名女弟子，在这几个女生里，我和中井梅园小姐关系最要好。二见文耕小姐是香峤先生画塾的学生，她之后改叫小坡，再后来改姓伊藤。我就和这位小坡小姐、六人部晖峰小姐，还有景年先生画塾的小栗何等六个年龄辈分不分上下的人，每个月组织一次近郊的写生之旅。

那时不像现在有汽车，当然也没有电车。我们就各自带好便当，穿着后结草鞋，约好凌晨四点左右一块儿出发去往鞍马或宇治田原附近。写生帖上，有我认认真真画下的宇治田原附近的农家房舍、溪流，也有梅园小姐在少女时代织毛衣的身影。

栖凤先生从欧洲归来的两三年后，大阪举办了博览会。当时，先生的参展作品是罗马古城真景。我记得大概在那年前后，栖凤先生的画塾频繁组织学生去近郊写生。

先生也穿上洋装与弟子一起去郊外。但外出写生主要的带头人是内畑晓园、八田青翠、千种草云等人，我后来也经常跟他们一起去画画。有一次从鞍马走到贵船了，大约是在鞍马当地，我正在画农家马和大原女①的时候，刚入画塾不久的桥本关雪说："我骑上马给大家瞧瞧，大家画一画。"她就立刻跃上马背，还说，大家看，就是这么骑马哦，美男子的样子如何如何之类。她又让马驮着自己来来回回地走动。我把当时的场景记录在写生帖里。看来从那时起，关雪小姐就是四方形脸了。

①从京都到北郊大原一带来京都市内卖货的女子。身着筒袖和服，前面系带、打绑腿，穿草鞋，头顶货物行走。

写生和缩图是当时画徒必学的两门课，偶尔碰到要参加什么画展，我们都习惯先给老师看一看自己的作图。所以，我的写生帖中混杂着无尽的缩图和写生。以前常去博物馆摹写藏品，我画的有唐画山水、应举花鸟图等，所以不只是画人物图。明治三十年举办了全国绘画共进会，小堀鞆音先生参展的作品《樱町中纳言答歌图》，横四尺、纵三尺左右，画中的公主坐在挺身而立的中纳言脚边。我在写生帖中画上全图和人物的部分特写。回忆至此，我翻开下一页，上面则画着年幼的松篁一点点向前爬行的模样，还有他喝牛奶以及坐在婴儿车里的样子。刚想着真是画了不少松篁的画呢。又看到一张画里，出现了几幅梳着西瓜头的阿园（栖凤先生的千金）在七八岁时的形象。

　　我的写生帖充满了整个生涯的所有回忆。

昭和七年

追忆幼时

旧时之美

与东京不同，京都举办展览的次数少，看展会的机会也不多。即便是有类似书画古董拍卖会的活动，我也提醒自己弥补自己的不足，尽可能地一场不落地去参观。在拍卖会之类的活动现场，能引起我极大兴趣的除了广受好评的作品，还有不明所以的物品，它们寂寞地蹲在角落里被参观者忽视。我能从这样的物品中发现质朴之美。比如，古代女郎脚上穿的木屐，名门隐退者喜用的烟盒，等等，这些日常琐碎之物都具有特殊的优雅之美，闪烁着尊贵的艺术之光与古典的生命力。"旧时之美"这个词大概能恰如其分地形容它们吧。

菊安书屋

说起菊安书屋，我就想起了那段年幼时光。在我上寻常小学三年级时，我们一家三口住在四条的河原町附近，位于河原町四条街下行路的东侧有一家名叫菊安的古书屋。明治二十年过后，这家菊安书屋的古书里就出现了很多德川时代的版刻书籍、绘本、读本之类。

在这些版刻书籍中，尤其以曲亭马琴的小说占多数，例如《水浒传》《八犬传》《弓张月》《美少年录》等。印象里，这家书店几乎有马琴的所有作品。这些书里的插图多数出自葛饰北斋之手，另外还有当时其他浮世绘画师笔下的多姿多彩的画。

母亲嗜好绘画和文学，我也遗传了她这一爱好，况且菊安就在我家近旁，母亲经常去那儿买来一捆捆的马琴读本或形形色色的绘本。这样我们母子一起看书，母亲读文字，我则看插图，真是非常享乐。尤其是年幼的我在信手临摹书中版画时找到了无限乐趣。这是我少女时代的生活中重要的组成部分，同时也成为一种形影不离的习惯。之后，我总是央求母亲去书屋买书。她还给我买过非常有名的《北斋漫画》，那个年代的物价很低廉，手里攥着一点零钱就能在旧书屋里抱走一捆旧书，所以价格颇为便宜。

马琴与北斋

究竟是在少女时代，那时的我从未思考过马琴是何人，北斋又是何人，只是开开心心地执着于看他们的插画。不过，我渐渐长大后，知道了马琴与北斋两个人关于书中插画的逸事。这让我更加怀念少女时代看过的绘本了。

直到现在我也没解开谜团，据说，那件逸事正是发生在为《新编水浒传》画插画期间。在插画家北斋看来，马琴这位作家太神经质了，总是对他提出各种各样的执笔绘画的要求，所以强烈坚持自我的北斋最后终于爆发，断然拒绝为他画插画。不知是否因为北斋的插画比较有名气，书肆的丸屋甚助将《水浒传》的翻译转交给了高井兰山。然而不知是如何和解的，北斋在第二年又接受了任务，为马琴在须原屋市兵卫付梓出版的《三七全传南柯一梦》一书画插图。没想到，富有创造力的天才画家北斋在这次插画中展现了过多的新意，所以，著者与绘者再度发生冲突，马琴主张删掉末章的一幅插图，而北斋强烈反对，要求出版方把全部插图都退还回来。这样一来书肆又在中间受夹板气，陷入两难的境地了。不过，据说书肆下了一番苦心，为调停这两位闹了别扭的作家而拼命奔走。

艺术家越是有天赋，艺术上的自我意识就越是炽烈。这是他们的价值所在，也是值得我们尊敬的地方。这些天才艺术家的著名历史逸事的结晶，便是我儿时所看的绘本。当时购买绘本就像现在买旧杂志一样轻而易举，想到这里，我情不自禁地更加怀念那段岁月了。

绢与纸的故事，以及师徒关系

两三年前，竹杖会的研究会出了规则：不拘画幅大小如何，成员每年必须展出两件作品。所以，我前些天交了一件小品。这幅小品看似小巧，其实画里有一道土坡，又有萋萋的芦苇。土田麦仙先生看后，一脸不可思议的表情问道："你究竟是用了什么方法，把这个土坡的墨色画得如此柔软？"我回答他说："绘画方法没什么特别的，我只是在这块绢布上花了些心思。用开水烫一下抻平的生绢，这比纯新的生绢或上过胶矾水的熟绢更好用，能呈现出柔软的墨迹。"

那时我们还聊了新绢布和抻平的绢布的话题。不知从何时起，我近年来开始养成了抻绢布的习惯。我具体的做法是先不急于在绢布上下笔，而是空暇的时候，把一张张绢布绷在木框上，放置一些时日。除了这种加工过的生绢，我也会用其他的，不过属这种用得最频繁。如果再多一些空闲，就往平整过的生绢上涂一层胶矾水，或过一遍开水。说到陈旧的绢布，还有被我放上两三年的。稍作加工后，绷在木框上的绢布就变得挺括起来，敲一敲，它也不像太鼓那样发出哪哪的响声，柔韧丰满而并不紧绷呆板。生绢上一层胶矾水后，会闪闪发亮，给人花哨炫目的感觉。所以，把这种绢也撑在木框上，就可去除其生硬之气。总而言之，与崭新的生绢相比，经过加工处理的绢布手感更加温润、柔韧。

在上过胶矾水的新绢布面上作画，那感觉就像用手指在绢的表面滑动，每按压一下还有一种反弹的触感。不过用木框抻过的或上过胶矾水的绢布就另有一种难以言说的亲切感，哪怕在上面画一条线，笔端流出的墨汁也能浸入绢丝里。对我而言，这真是一种无上愉悦的心境。

此外，用开水烫过的生绢也能让人画得舒心。生绢与漂煮过的绢，就像崭新的绢布与抻平的绢布一样存在差异。另外，绢与纸也同样有区别。如果用纸作画，大多数的纸张比绢对墨汁或颜料的吸附力强，因此纸画就有了独特的韵味；如果用脱胶的绢布作画，不论怎么缓慢地下笔勾线，都不必担忧线条会抽缩。而在纸上描线就必须快准，否则就会出现意想不到的洇散后果。纸本吸水性强，画者的笔头稍有懈怠，墨汁便会晕染到纸里。为了防止洇墨，画者须得速速运笔，由此诞生的轻妙笔致就是纸画的韵味所在吧。下笔不准确，运笔定不会轻妙灵动。只习惯在绢布上沉着作画的年轻人，肯定不能轻易地在纸上画出理想的画。不过，纸本画的韵味不在于精细准确，非得一笔一点地在底稿的基础上认真描画。除了轻快洒脱的笔力，它还具有连画者都料想不到的妙趣。有时候，画者就是想再现那笔势的妙趣也难以做到。可以说，纸本的韵味就在于这些。

纸本胜过绢本，抻平的绢布胜过生绢，浸烫的绢布又胜过脱胶的绢布，这些柔和的触感与生硬的触感的对比关系都是由材质本身所带来的。

　　放在今天这样迅速发展的时代来看，明明在纸上奋笔疾书的妙味就足够让人欣喜的了，为什么还要在绢布上谨小慎微地画画呢？人们会觉得不可思议吧。然而，不论是发展多么快速的时代，年轻人只顾着低头钻研绘画，是不能掌握纸本作画技术的。没有扎实的画技，就不能轻快自如地舞动画笔。

　　想来，最近年轻画家都急于追求结果，想趁早取得成就。做练习并不是为了提高画技，而是要一举成名。每年帝展召开前夕，我都听说，许多人轮番拿着草稿去找很多很多的老师请教。我觉得这类事就恰如其分地彰显了现代人的焦躁心理。在德高望重的画师主办的画塾中，也有这样的学徒。他们先恳求师傅收自己为门下生，再忙不迭地要少年成名，这么做俨然是在蔑视师傅啊。

　　今日的师徒关系存在太多的功利性。有些人为了方便在社会上声名鹊起，或者为了顺利地参加帝展，就把师傅当工具利用了。我不禁感伤这种师徒关系的浮薄。一个立志对绘画不离不弃，并把指导学生作为毕生工作的老师非常值得信赖，如果学生能以这样的老师为榜样，跟着他学习绘画技术，那么这位老师就是这个世上值得学生托付的人之一，甚至是无出其右的。

　　西山翠嶂先生的音容笑貌、谈吐措辞，与栖凤先生有相似之处。师徒关系就应该如他们二位那样。我想起一桩旧事，那时栖凤先生还没改造池塘和家宅，他每周都要去高岛屋一趟，从晌午出发到傍晚或夜里才回来。那时我待在画塾里竖起耳朵，就能听到咥啷咥啷的木屐声。先生的走路方式有一种特殊的调子，脚踩在青石板上发出喔嘟喔嘟声，那声响既不是趿拉着鞋，也不是踏蹬地面产生的。只要听到这声响，画徒们就猜到是老师回来了。然而我们的耳朵也有失灵的时候，原本以为刚才是老师回家了，没想到从外面再次传来一阵喔嘟喔嘟的动静，之后又是一阵相似的木屐声。哎呀！那个脚步声是……我们经常听得呆若木鸡，搞不清楚到底哪个才是老师回来的声音了。其实，那些木屐声都是回画塾的学生。我觉得，不论哪个画塾前辈走起路来，都发出和老师一模一样的脚步声。师徒的脚步声之所以相似，是因为他们走路的姿势相同。在不知不觉间，栖凤先生那既不是趿拉也不是踏蹬的特殊走路样子感染着弟子们。除了走路方面，就连落座时放松肩膀、一只手叉在胸前、另一只手把香烟放到嘴边等不经意的小动作也让人深受感染，一些人想当一名传统弟子。

　　我觉得这一点是确凿无疑的。对师傅的方方面面都崇拜得五体投地的弟子，一定憧憬着师傅的住行坐卧等行为，就更不用说师傅的绘画了，他们一定会模仿师傅的绘画风格。耳濡目染地跟从师傅几十年，也掌握了他一身的癖好，这样，弟子就可以出徒了。因为离开师门之后，弟子才能找到真正的自我。当今的年轻画家技艺不精湛、思维也不灵敏，却想着要成为著名的画家。让如此渺小的自己早早披上成功者的外衣，又能有何好处呢？绘画必然是追崇个性的，可是光有个性而缺乏技艺，个性也会形同虚无，对绘画起不到任何作用。没有技术含量的绘画，也只能算是残缺不全的作品吧。产生这种现象的原因，大多是因为年轻人急于求成。明明还没有修炼好本领，却过分地曝光了自己。

追溯往昔记忆

那时的画，色调清淡素雅，不像现在这样浓墨重彩。春举的作品《海滨有童子》就创作于那个时期。这种素雅的画作在当时司空见惯。以过去的眼光看今天的画，总觉得鄙俗了不少。

《法尘一扫》是水墨画，画中僧人的脸等部位是用代赭石颜料勾勒的。除了人物的面部，整幅画都呈现出素雅的感觉。在《法尘一扫》展出的那一年，栖凤先生恰好从西洋留学归来，他画的展品是《狮子图》。在那次展会上，还有屏风之类，以及现在展览会上根本不会出现的小幅作品。因为画的尺寸太小，完全不符合参展标准。

在我二十五六或者二十七八的时候，森宽斋翁去世了。我那会儿经常遇见春举先生。我们在两所画塾学习，既没有好好聊过天，也没有机会悠闲地见上一面。从年轻时起，春举先生就是一副书生气质，好聊天。在我眼里，他也是内心非常善良沉稳的好人。

在我年轻的时候，没有太多像文展、帝展这种公开的展会。所以，我现在还清清楚楚地记得文展上的展画。春举先生的《盐原之奥》《雪中松》等都给我留下了深刻的印象。

《海滨有童子》也在青年绘画协进会上展出过，笔力、裸体的表现等方面都十分新颖，让我们备感珍贵。除了采用的题材新鲜感十足，就连画作的色彩也让人眼前一亮。

在他去世前不久，有一天我坐电车出门办事，正巧在车上遇到了春举先生。他就坐在我对面的椅子上，见阳光直直地晒在我身上，就邀请我："坐到我这边吧。"那时车内广播刚刚播报完，春举先生身边的位置正好空出来，我便坐了过去。他反反复复地对我说：绝不能忘记传统手法，让整个画坛流于轻佻浮薄。

我当时还对他说："听人说，你在膳所建的那栋别墅十分气派啊。"他回答道："你还没有去过呀。承蒙拜领了御所举办盛典的材料，才建了这间茶室。如果你有时间，一定要来喝茶呀。"一晃，这个约定时间已过一年了。我从未想过春举先生竟会这么快离开。

在我十六七岁的时候，全国青年绘画协进会经常在御所的一座类似古老宫殿的宅子里举办展览。当时，春举先生完成了《海边有童子》，而我也在八寸左右的绢本上画出了美人凭倚勾栏的《月下美人》。在展会上，我凭借这幅画获得了一等奖。春举先生对我说："我家亲戚想要你这幅画，能否出让给我呢？"后来，他就把画拿走了。从此，我也不知道这幅画的去向了。那大概是明治二十五六年的往事。

被人问起了从前，我才讲了这些故事，所以文章没什么条理。

昭和九年

203

女人的故事，花的故事

一

我现在正一点一点地弥补早前欠下的画债，不过仍然有漫漫长路要走。而且我今年还要为五月一日即将开办的京都市主办的综合展做准备——也不算弥补长久以来一直没参加过帝展的遗憾，而是这次起兴想画些什么了，便在二尺八寸长的横卷轴上画了明治十二三年到明治十四五年左右的女子风俗画。

我年幼的心中还模模糊糊地记得那时的往事，现在想来让人备感怀念。

我画的是二十七八岁到三十岁之间的少夫人—— 一位京都女子的半身像，她手持阳伞独自站立，肤色白皙，剃掉眉毛的地方泛着青虚虚的颜色。

那时，我的母亲经常去盘发，偶尔也有女盘发师来我家。年幼的我特别喜欢盘发，所以经常乖巧地坐在母亲身边，出神地看着她盘发的双手。今非昔比，彼时女子发型多变，而且不同身份、不同年纪的女子会梳着不同的发型。少女、内掌柜、新娘、少夫人、女佣、乳母……世间女子的发型多种多样。眉在剃掉眉毛后隐约带着青色，脸庞白皙无垢，我觉得这样的妇人富有十足的魅力。

就算是女佣的头发，长短之类也令人难忘。京都和大阪，头发的长度略有不同，而且腰带也貌似有细微差别。在我的印象中，京都女佣是把黑绉绸的腰带交叉打出一个纵向蝴蝶结，而大阪女佣则是将蝴蝶结两端的带子稍稍垂放下来。

发带并非年轻独享的东西，上了年纪的女子也照样扎在头上。发带花样繁多，有鼠灰色等彩带。现在回想起来，还有很多类似的女子风俗。

除了帝展，其他展会上的女性风俗画描写的对象大多是现代女性，所以，我笔下的女子，先不管衣着发式是否符合当下的流行风尚，都有几分让人怀恋的地方。于是，我便尝试着画下了青黛新嫁娘。

二

新事物流行，旧事物日益衰微。这种新旧更迭不仅仅表现在绘画领域。在如此日新月异的时代潮流中，我却反而更想小心翼翼地保护旧事物了。我绝没有反抗时代发展的强烈意愿，只是想守护我自己。

就连前文所说的女子风俗之类，年轻人们都不屑回顾，而且也不能回溯。所以，旧事物果然只能由我们这一辈来守护。不过，年轻人并不是完然不留意旧事物，不管怎么说，他们也没有历经那个时代，就算想画旧时风俗，也画不太准确，创作不出满意的作品吧。说到这里，我们这一辈人都是生在长在明治初年和中期的人，亲身经历了那段岁月，目之所见、耳之所及的事物都让我们产生了深深的感悟。

如果还有空余时间，我愿意画下亲眼所见的明治时代的女性风俗。

三

京都无论哪里的花都很粗俗，让人无法欣赏。虽说岚山和圆山没什么缺点，但毕竟游客众多，环境嘈杂，让人难以赏玩到花儿的真实趣味。

在京都的花之寺，有一个叫保胜会的组织每年仅收取两日元的会费，会员便可在繁花盛开的时节，前往寺院中接受招待，悠闲地度过一整天。欣赏烂漫繁花，品味斋饭和茶点，能自由自在地休憩，好不惬意。

花之寺，我对这个寺名早有耳闻，只是那儿的交通相当不便利，没怎么去过。那里的花儿真是开得幽邃，寺院里静谧得很，毫无喧嚣之声，所以大可偷得浮生半日闲，体验真正的赏花情趣。

花之寺是一座古老的寺院，据说与西行法师有不解之缘。我家对面的街上就有去那里的公共汽车，不过车停的位置远距花之寺有二十町[①]。若是不喜步行的人，剩下的那段路走起来可有些费劲

①日本长度单位，1 町等于 60 间，约 109.09 米。

了，但对于不讨厌散步的人反倒能乐在其中。

赤土上丛生着盎然绿意的竹林，春日的阳光透过枝叶照在土地上。路旁散落五六户农家，还有山茶、连翘、木兰等。走着走着，农田、小河也映入眼帘，偶尔遇见几个迎面走来的陌生人。一路上风光无限，优哉游哉。

所以，若是喜欢此番景致的人，怎会感到些许的无趣呢，定会在这一路收获很多乐趣。

边走边欣赏沿路变换的风景，不久就抵达大原神社了。这处神社也是古色苍然，颇具古典风韵，寺内环境幽邃寂静。走到这一带，就已经能看到烂漫的樱花了。不同于沾染都市人的气息和风尘的花，山樱清新绮丽，悦心悦目。

四

神社旁边便是花之寺。刚走上和缓的坡道，就看见从两侧松柏、杂树林间探出枝枝条条的樱花树，缀满樱花的树枝低低地压在爬坡的行人的头上。抬眼望去，景色美不胜收。

穿过山门继续往里走，前方有一座钟楼，钟楼旁边则是繁花似锦的垂樱。寺内的僧人悄然从对面现身，此时此景有一种难以言说的幽静之趣。

寺庙身后是一座山，名为小盐山。这个"小盐"还曾出现在一首谣曲中。关于这座山名字的由来，谣曲讲了一个动人的传说：很久以前，一位修行僧人来拜访花之寺，花仙子就飘然现身了。现实中的花之寺本就是个古色古香的寺院，与世间流传的由来或传说相符合。就算寺庙里果真出现了谣曲中的僧人也不足为奇。

　　这般远离京都的烟火人间，这般肃静苍然，俗人就不太来花之寺了。即便有人前往，也不过是五人十人左右的访客，或三三五五的村民。再加上两三把歇脚长椅，这等寺内幽趣他处难寻。

　　就在两三天前我还去了一趟花之寺，体验了一回真真正正的赏花。

　　　　　　　　　　　　　　　　　　　　　　　　昭和九年

双语

一

听人说大阪举办了又兵卫的展览，不过我没去看。

宽永前后的风俗画中，又兵卫也贡献出了很多杰作，在画坛占有一席之地。他的遗世作品数量不多，佳作却不少。然而同样是署名又兵卫的作品，早期和晚期的风格却大相径庭。关于他的作品以及出现这种差异的原因，就有说法称：又兵卫实则有初代和二代之分，所以不一定是同一个人所画。从绘画手法来看，也有可能是与又兵卫毫无瓜葛的人模仿他的笔法。到了后世，大家都把这些画当成是又兵卫一人的作品了。

至今为止，我东奔西走地看过很多人收藏的又兵卫的作品。前几年的祇园祭上，甲某家摆出了又兵卫的二曲屏风，画面非常漂亮。之后，我又忽然在乙某家看到了一幅跟甲家那幅构图一模一样的画。因为乙和甲的画相同，就有流传说两幅都是又兵卫的作品。

然而在我看来，甲那幅比乙那幅画得更好。连我也开始怀疑，这两家的画都是出自同一个又兵卫之手吗？还是说，其中一幅是临摹画呢？我百思不得其解。总之不可否认的事实是，宽永前后的风俗画大体相近，很多作品都被谣传是又兵卫的作品。

二

创作者经常用作品表现自我的独特风格，这既是好事也是必不可少的事。前不久有一个朋友来找我，我俩聊起了关于个人展览的话题。我觉得，开办个展极端地展现个人风格魅力也无妨。

个展就应该举办得自由随意，展品不一定是本人刻苦努力的成果，可以有绢本画也可以有纸本画，形式之类不拘一致。起笔先画一幅，之后又想画其他的，把画作按着品类积攒起来。个展上展出花样繁多的作品，反而更有趣。

形式多样、画风多变的作品才能表现出创作者本人的爱好与个性，所以陈列十件或二十件这样的作品就能让人觉得妙趣横生。不过美中不足的是，个展上的作品多是创作者的苦心之作，个人艺术想法一目就能了然的展品却少之又少。

旧时京都

　　我出生的家位于京都四条通，现在那块地方改建为一个叫万养轩的西餐厅了。那一片早已是京都市中心的繁华街区，街景发生了天翻地覆的变化，再也找不到我儿时的记忆了。

　　东洞院与高仓之间的交易所，原来是萨摩宅邸，御维新的铁炮烧曾在此处开店。后来临街盖满了百姓的家屋，不过后街还是老样子，没什么变化。我还记得七八岁的时候那片空地上长满了芒草。

　　万养轩的对面现在是八方堂古董店，以前却是一家叫小町红的唇脂店。小町红现在还在经营着，以前的生意非常兴隆。

　　那个时候的唇脂是刷在瓷碗里卖的，町上的少女们全都端着小碗来买唇脂。店里负责卖货的人，也总是长相出众的女子。

　　如果换作笨手笨脚的粗秽男子，他们生硬的手法怎么看都不像是卖胭脂的。小町红店内总是出现已婚女子或未出阁的少女，这些年轻的美人们头上盘成割葱，用绯红色的布条包裹着发髻，坐在账房里迎接客人。有人来买唇脂，她们就用灵巧的手拿着刷子往碗里刷胭脂。来买唇脂的客人也大抵是年轻女子，所以每单回忆起小町红，我心中便萦绕起一股难以名状的感怀之情。

说来，以前的人要用小小的唇脂笔在瓷碗里，将彩虹胭脂搅拌融合再使用。最近的口红都是西洋的舶来品，被做成了棒状，使用方法也不同以往，女子竟然要把上下两片嘴唇都抹上鲜红的口红，宛如啜饮了生血一般，并且还以这种唇妆为乐。这种时髦的做法是受西洋文化影响太深了。

上唇浅红色，下唇深红色，这样的唇妆的优雅风情不必赘言。现在，偶尔还能见到舞伎这么涂口红。嘴角的魅力之类，从京都女子的身上渐渐消逝了。

那一片原来叫奈良物町。

四条柳马场的一角曾有一家叫金定的绢丝店，家里的夫人名叫阿来。她把剃掉眉毛后，眉根处泛出浅浅的青色，一头茂密的白发，后脖颈颀长。她的美貌真是无法用语言形容。

和果子店的小岸也是美人。

面屋的阿雅也是街坊四邻公认的美女。面屋就是人偶店，她本名原叫阿筑，可周围人张口闭口就管她叫阿雅、阿雅的。她擅长舞蹈，特别是扇子舞跳得令人称绝，用八折扇子做道具，跳舞蹈的水准堪称专业级别。

那时，人们练得最多的技艺就是地歌①。阿雅的母亲是个温文尔雅的人，三味线弹得尤佳。她们母女二人经常上演古筝和三味线合奏，或者女儿舞蹈、母亲弹三味线伴奏。

春夏季节刚能从店外看清室内的时候，每当路过店门口，我就能听见最里面的屋子传出来的琴声。由于那时马路上顶多有人力车往来，不像现在这样电车汽车车水马龙，所以町里静悄悄的。只要悠扬的琴声响起来，人们就知道"啊，阿雅又在弹琴了"，便驻足聆听，把她家店前包个里三层外三层。

那一带是摆摊儿买货的街区，阿雅就成了摆摊儿街区里的小町少女。

从前街上很安静。常常有人偶艺人走街串巷地表演，净琉璃说唱者把大伙儿召集到街角，招呼着"模仿、模仿了"，便开始他的戏剧表演。有个人模仿当时大受欢迎的伊势屋和右团次的口吻，原汁原味的表演让观众感受到剧场表演的氛围，让人不禁佩服起来。这个人一脸专业演员的模样，我听母亲说，他原本和市川市十郎是同僚，都属于新京极的乞食剧团，但不知何时起，他就落魄成了街头艺人。

我在少女时代也是学过地歌的人。现在地歌之类的传统艺术早

---

① 日本近世邦乐之一，使用三味线弹唱的歌曲形式。

213

已没人学了，不过在我年轻的时候，町里最流行的演艺就属地歌。

从四条通搬到堺町后，我就开始学绘画。那时只要太阳刚刚落下，就一定会从一位六十多岁的老爷爷的家里飘出地歌的曲调。他唱得可动听了，缓急有度，沙哑低沉的声音演绎出的地歌让听者心绪平静。

啊，开始啦！一听到歌声，我就没心思学画画了，赶紧放下笔跑到他家格子门里，只为了听清楚他唱的歌谣。

与现在相比，那时祇园的夜樱要更加更加好看。樱花盛开时节，在祇园社院中铺上席子，我让少女弹奏胡琴，自己则拨动三味线与她合作一曲，这情景我至今还记忆犹新。我身后有一位老婆婆，从模样来看人品并不卑俗。她一定是有什么原因才落魄到如此地步。我不禁浮想联翩起来。

最近在圆山已经品味不到如此平和的味道了。自不待言，那个时候根本就没有高音的广播、留声机发出嘈嘈杂杂的声响，所以，父母带着孩子能够在街角安静地欣赏街头艺人的表演。

夏天的河滩也有一番情调。河道要比现在宽阔得多，浅浅的河水潺潺流动，四条有一座虹桥，栏杆上装饰着拟宝珠，从桥上向下望，能看到浅川上倒映着一片雪洞灯的灯影。仔细瞧，原来是在每一个长凳旁都立着一盏雪洞灯，三五成群的游客在灯下嬉闹着。桥的最西头有一家叫藤屋的饭馆，人们拿着美味的食物坐到长凳上食用，从饭店门口沿着小桥向东边排开。艺伎、女招待来往于堤岸，在我的眼中，她们的倩影宛若影画。

河滩上人山人海，有钓鱼的人，有骑马场，还有人表演皮影戏和魔术，亦有人出摊买甜酒和善哉①。

桥下或西石坝的河岸，也有店家坐在长凳上卖善哉等食物。

每逢祇园祭，街道上总是飘荡着一股屏风节日的气氛。那时的人家都是典型的京都式房屋，门窗不是铁板的，所以举办祇园祭的时候，人们就把门窗的隔扇拆下来，路人甚至能看到里面一间间屋子垂挂着竹帘，点亮的雪洞灯发出幽暗的光，比起现在的电灯之类不知要优雅多少倍。

不论小町中的民风，还是店头那一抹女子的情影，都多半残存着德川时代的面影，让人格外怀念。

前一阵子，帝展上展出的那幅《母子》就是我对儿时的追思。我思念着内心深处那美好的年华，所以觉得画中的世界是只有我才能描绘出来的。我还有许许多多想画的东西，如果今后有机会，我会一样一样地全部画下来。由古及今，一直画到新时代。

现在不论是新娘还是少女，都难以通过发型、腰带和服等外形来判断了。不过旧时的新娘有新娘的样子，少女也有少女的样子，让人一眼就能通过外貌判断出身份。女佣必定是梳着岛田髻，将黑绉绸的带子系成立子。而新娘、少妇和老妪同样是嫁为人妇，但在发髻、鹿纹扎染布带、头饰等方面却有很大区别。

说起京都风俗来，女性后脖颈是最醒目动人的风景。长长的发

---
①红豆年糕汤的一种。

215

际线、雪白的脖颈，再配上乌黑的头发，这风情尤其能衬托出美人的娇媚。发际线短的人，反而给人一种华丽盛大的感觉。

五六岁的女孩子好不容易蓄长了头发，就可以先梳起御茛盆发髻。再多系上一根鹿纹扎染布带，会显得很可爱。

等头发再长长一些，就可以盘成鬘下地和福髻了。因为头发还没长到足够长，就要放下两侧的鬓发。过去称这种发型为雀鬓。

地藏盆祭①上，小女孩们打扮得非常可爱，后脖颈上画出三腿脚或两腿脚，嘴唇抹上朱色。

裂桃、割葱、御染髻、鸳鸯、福良雀、横兵库、羽早稻等都是年轻少女梳的发髻，中年妇人则是裂笋、居飞梓等。

明治时代的京都艺人头上盘着的投岛田也是非常纯粹而美好的发型。

然而，即便时代瞬息万变，岛田和丸髻这两种发型依然没被人抛弃，长长久久地流传了下来。与妙龄少女梳的文金高岛田相比，母亲的丸髻风韵优雅。

昭和十年

---

① 日本民间节日之一，阴历七月二十三日、二十四日两天祭祀地藏石像，主要流行于近畿一带的儿童中。

苦乐

一

关于画家画画，有的创作者说是很辛苦，也有的创作者说是乐在其中。

那么，画家画画这件事到底是快乐的还是痛苦的呢？

我觉得是因人而异，这两种观点都正确。我想说的是，对我们这些创作者而言，画画这营生有苦也有乐。

为什么说画画是苦乐并存的呢？总之，我觉得这是只有画过画的人才能明白的道理。创作者啊，从一开始就懂得其中的真谛了。

二

画画，其实是一份苦差事。姑且不管价值的好坏高低，如果不饱尝痛苦，就不能创作出让人满意的作品。

然而仅仅吃尽苦头，也是画不出画来的，至少画的作品肯定过不了自己这一关。

绘画，就要绘得愉悦。如果一幅画画得不快乐，那么它一定会辜负画者的期待。

虽说如此，快乐也不是唯一决定绘画的条件。创作，就是在痛苦中努力寻找快乐。

三

画画，其实是一份苦差事。然而作为一位创作者，须得享受这份痛苦。"享受痛苦"看似不合逻辑、十分矛盾，实际上却并非如此。

创作过程中的痛苦，对创作者而言绝对不是单纯地感到悲痛欲绝。那份苦痛最终会化为无上的享乐。在这层意义上，创作者为了制作某件作品就必须在心境中呈现出一片无上的乐土。

创作者埋头创作的时候，无我的乐土就此铺展开来，那里肃然无声、内心平和，甚至连一片俗情也绝不会染到身上。创作者须得达到此番境界。

四

把痛苦看作痛苦，将快乐视为快乐，这是再理所当然不过的事了。可是，如果艺术创作者只是把创作的痛苦单纯地想象为痛苦，就太欠缺艺术的余裕了。

作为一介创作者，我希望至少能有余裕享受这份痛苦。

这道理不仅体现在绘画上。我只学会了一点点谣曲的皮毛，经常参加金刚岩先生举办的集会之类。

我的谣曲水平就相当于初学者，自不待言唱得很糟糕。但是同绘画一样，我唱谣曲也首先是图乐趣。

在谣曲集会上，轮到我不得不演唱一曲时，面对席上列坐的诸位资深前辈和了不起的先生们，我一开始有些难以启口，不过过了一会儿，我就将一切顾虑抛到脑后，提高嗓门大声唱起来。最后，我算是自娱自乐地唱完一曲。

松篁和其他人都说我唱谣曲的方式简直是自我陶醉型，全然不在乎曲调的抑扬顿挫，还一副威风凛凛的架势，让人看了愕然不已。

但我自己觉得这么唱也无伤大雅。金刚老师们就曾对我说：看了你唱谣曲的态度，就知道你是发自内心地洋溢出快乐，这才是最重要的。

五

我觉得这种心境与绘画制作的时候是一样的。

不论是绘画，还是练习谣曲，绝对不是没有痛苦的事情。然而，作家却享受着这份痛苦——这种心境大概就是制作上的先决条件吧。

最近，我还听说有不少的年轻创作者高声疾呼、叫苦不迭。但是在这里我想奉劝大家的是，只有能享受得了这份痛苦才是一个创作者真正的胸襟。

昭和十年

山间温泉之旅

一

信州有一处温泉胜地叫发哺,名字听来十分奇特。文人墨客无人不晓,可平常人却很少有知道那儿的。也难怪,因为这个偏僻的乡下温泉地处草莽深处、远离人烟,多少显得有些荒凉。再加上交通不太便捷,作为温泉胜地,又没有完善的新设备,自然难以吸引城里人前往。

前年,松篁去那儿游玩了几日,其间画画写生、爬爬山。回来之后,他便邀请我说:"那片土地真的非常安静,当地人也纯朴厚道,是个让人身心舒畅的温泉胜地。母亲,您要不要也一起去呀?"于是就在去年六月七日,我们从京都出发,前往发哺。

当时除了松篁,还有松篁的两三个朋友也加入了这趟温泉之旅。

我们一行人晚上驾驶汽车从京都出发,大约黎明时分抵达松本市,换乘公共汽车去发哺。早晨的雾气还笼罩在这片大地上的时候,车就早早地到了目的地,距离市区这么近,不禁让人感到诧异。然而这里确是名副其实的山麓村庄，景色怡人。

发哺这片地区零零星星地散落着两三处温泉，貌似都被大家笼统地称为发哺了。不过，我们心之所向的地点却不在山麓上，而是山顶那处名叫"天狗之汤"的温泉。天狗之汤恰如其名，据说是以前天狗栖息的地方，非常幽邃。眼见着山麓的这几个温泉就已是远离凡尘，静寂清幽了，如果还有比这更幽邃的地方，会有怎样的景色呢？我不禁心潮澎湃起来，骑着马，朝着山顶走去。

二

令人不可思议的是，帮我牵着缰绳、引导马前行的男子说起绘画来滔滔不绝，他早就知道我的名字和事迹，还跟我聊起了京都、东京的丹青大家们。如前文所言，发哺这个地方经常有文人骚客造访，这个男子大概耳濡目染记住了很多逸事。走着走着，他还告诉我："对面那座宅子，就是东京的大观先生的别墅。"

这个男子虽说是住在村庄的普通老百姓，却家庭富裕，据说即便不以马夫为营生，也能维持生计。他觉得，因为生活富足就整日游手好闲、荒废光阴，那就太没意思了，所以才牵着马载客上山，时而还给游客做伴儿。

很幸运遇到一位懂得书画又健谈的人，在抵达天狗之汤的这段骑马上山的路上，我度过了有趣的时光。他的马儿非常温顺，让我这个骑马新手也能在马背上平平安安、悠然自得。马鞍两侧各有一个皮囊，用于固定侧坐着的两个乘客。因为只有我一个人侧坐在马背上，所以为了保持平衡，就在另一边装上了各种各样的行李。在信州的山路上，我骑着马儿悠悠荡荡向山而行。这种登山的滋味真是难以用语言形容。

三

山上生长着成片成片的白桦林，静谧的景致令人无以言状。山岚弥漫在翠林间，早晨的日光铺散在雾霭之上，此情此景给人以诗情画意，别有洞天之感。彼时人间已是六月天，我却能从树枝间遥见远山的皑皑白雪，也能见路旁迟开的山樱落英缤纷，忽然觉得眼前这一幕仿佛一幅奇妙的画作，自己也像是点缀其间的景物。

天狗之汤旅店距离山顶很近，那儿果然有汤宿。山顶特别寒冷，我刚到旅店就立刻借来絮入薄棉的缊袍①穿在身上，先去榻榻米房间，无拘无束地枕着胳膊横躺在屋子正中央。反正是山间的独户旅店，也无须顾虑太多。

正躺着，耳畔传来了鸟儿虫儿空灵的啼鸣，更显山中的幽邃意境。我心中有一种说不出的愉快舒畅。松篁和他的朋友在途中一边写生一边爬山，没过多久，他们也赶到山顶了。

外出旅行能有这份悠闲自得的心情实属难得。如果是介意旅店设施简陋、店员照顾不周的人，恐怕不会喜欢像发哺这样的地方，不过你若不介意太多，便能充分享受温泉地的乐趣。

昭和十年

①和式棉袍，夹棉的广袖和服，也常作为睡衣。

谣曲的舞蹈等

一

伊势的白子滨有一个叫鼓之浦的渔村，从去年夏天开始，我在那儿租下了一栋独门独院的民宅。半是为了避暑纳凉、半是为了亲近大海，总之整整一个夏天，我都带着家人在那里呼吸新鲜空气、触摸清凉的海水。

今年夏天，我同样带着松筸夫妇和孙儿一起去了海边渔村。由于近几年避暑游客逐渐增多，小渔村也变得热闹起来，新建的西洋房屋之类的建筑也分外显眼。我们现在租住的房屋倒不如说有点像茶室，是一个宽敞的隐居之所。屋后有一条浅浅的入海河流，屋前是一片沙滩，再往前不远处就是大海了。

屋后的河水中小鱼群游来游去，每天都有孩子来这里努力地掬小杂鱼、钓螃蟹。河水很浅，才没过小孩儿的膝盖，所以即便是年幼的孩子下河玩耍也非常安全。

松筸在渔村里四处写生、散步。他的绘画笔记本越来越丰富了，本人看起来好像很满足的样子。

就算是正午时分，这儿的气温也没有那么暑热，比起京都和大阪来简直是太凉爽了。从这一点来看，小渔村就是特别宜居的土地。村庄地理位置偏远，所以在这儿是吃不到特别美味的食物，也看不到奢靡的东西的，不过，能在卖鱼虾之类寻常海产的商贩那里，以便宜的价格买下刚从海里打捞上来的新鲜食材。所以，在这里度过的每一天，绝不会感到丝毫的不自在。如果实在想吃美味食物，多回几趟京都就是了。我们一家人也时不时地回一次京都，再返回小渔村。

二

鼓之浦供奉着地藏菩萨。传说很久之前，地藏菩萨就是从这片海域诞生的，所以大家把菩萨供奉在庙堂中。不过，我始终都没去那儿。

谣曲中也有关于鼓之浦的故事：很久很久以前，海浪拍打到这个渔村海岸，发出咚咚咚的海浪声，听上去就像是敲鼓的声音，因此，这个渔村得名鼓之浦。

这些传说都没有事实根据，但是口口相传的史话、传说之类就令这片土地充满了古典气息，让人感怀。

由于我特别喜欢谣曲，所以我欣慰能听到鼓之浦流传的这个动人的传说。

三

去年春天的帝展发生了那起提倡不参加展会的骚乱事件，所以我的画也是中途搁笔了。这次为了参加文展，我一定要把这幅已经完成十分之四的作品制作完。我画的是一个盘着文金高髻的现代少女，她身穿长袖衣裳，正在表演仕舞。我期望画作能充分表现出跳仕舞者那落落大方、优雅沉稳的姿态，避免画出舞蹈、西洋风的现代舞等夸张的姿势。

仕舞是一种非常沉着的舞蹈，于有条不紊、冷静沉稳中蕴含着真实价值与独特韵味，也就是说，仕舞的根底里藏密着张力与活力。我为了表现这一点，着实下了一番苦心。

我最开始尝试着画了一位盘着丸髻的年轻夫人，但是她穿的和服袖子比较短，袖口翻折回去的褶皱不太漂亮，所以我又重新画了一位穿长袖和服的少女。这样一来，少女跳仕舞的时候，袖口翻折的样子就特别优雅了。

这幅画的灵感来自我时常去看的仕舞演出，少女、年轻夫人的曼妙舞姿充满了无穷的乐趣。

四

前几年，某个创作者曾画了一幅仕舞图。我看过这幅画，觉得画中人物拿扇子的手势好像有些奇怪，就去请教金刚岩先生。先生对我说："那可不行啊，那么拿扇子的话，会被责骂的。"

看似事不关己，没想到几年后的今天也落到我身上了。因为我也要画一幅仕舞图。已有前辈的前车之鉴，我提醒自己千万不能搞错姿势，所以画的时候十分紧张。

何为仕舞？引用名人的话来说就是，如果小拇指和脚底板用不上力，是跳不成气候的。因为是名言，所以我一直深信不疑。这次画仕舞图，起笔、落笔都万分小心谨慎，生怕用力不足。只希望将我自身对舞蹈的思考转化成几近完美的画作。会画出怎样的画呢？请大家拭目以待——

昭和十一年

无表情的表情

一

从很久以前开始，我就把谣曲当作最好的乐趣，我们全家人现在都在学习它。松篁夫妇，还有他们的儿子也在学仕舞，所以我请谣曲老师每周来家里教一次课。学习的劲头还算热情。

在我家也有很多娱乐方式。除了我和松篁都喜欢的绘画，还有其他的游乐技艺，比如，茶道、花道以及唱歌、弹奏乐器等。其中，谣曲、能乐之道都是最具深邃精神和艺术情趣的，我岂止是学不厌呢，随着学习的深入，积累的技巧越多，也体悟到了更深的乐趣。说出来有些夸张了，不过我还是觉得这些都是我们日常生活中难能可贵的精神食粮。

二

能乐表演中会用到能面。一张做工精巧的能面，你越认真看越能在微妙的细节处理上收获感动。出自能工巧匠之手的能面甚至让人觉得，面具中潜藏着一个活生生的人类的灵魂。

一位最优秀的能乐师戴着最精妙的能面往舞台上一亮相，全然看不出脸上覆盖面具或面具下躲着一个人，而是人面合一，精神与肉体完美结合，恰似构建出庄严的人格与心格。这种境遇不是笔纸舌喉所能表达的。

在这种境况下，还有人评说表演者正戴着面具之类，这种浅薄的情感根本不会起到分毫的作用。

经常有票友说，能面的表情是固定的，整张脸完全没有生命力，相当于无表情。之所以会出现这种评价，是因为人们在看能乐或仕舞表演时，完全没有一颗鉴赏的心。名家演绎的戏剧，很难让人指出缺点来。

虽说是无表情，但是名家戴上能面站到舞台中，那张无表情的面具上就充满了无限的表情。悲伤、莞尔、喜悦、忧郁……因剧情的进展，随时间的变化，无限的表情源源不断地喷薄而出。

三

我从能乐上体会到各种感动，并将它们铭刻于心。除了简练的动作和进退之妙，表演者古雅庄严的衣着、声乐器乐的音律、历史、传说、追忆、回想等都与舞者精妙绝伦的演技相辅相成，共同打造出一场惟妙惟肖的演出。尤其是能乐这种艺术形式，绝不会露骨地表达出哭、笑、喜、哀、叹，而是在典雅的衣着中散发出沈静的光泽，在谨慎的表达中蕴含着深邃的思想和深沉的感动。

想来，激烈又直接地表达内心所想的西洋表演也同样是艺术的一个侧面。不过，沉潜在能乐里的感动却带有哲思性，其中蕴含着高尚的艺术气息是任何事物都难以企及的。我想在这一点上，能乐堪称是真正的国粹艺术。

四

每次观赏名人的技艺，我都会收获一番心灵感动。演出为什么如此神秘？美轮美奂的舞姿缔造的别有天地的世界，是否真的存在？这些奇妙的幻想紧紧地扣住我的心弦，我不禁屏气凝神，为这似有似无、半真半幻，却又真实浮现在眼前的梦幻世界着迷。

能乐的至妙之境同样转移到绘画的意境上，一定能让人大有收获。所以，我想继续努力练习技艺。另外，我还有件事要说明一下。

谨遵皇太后陛下之意，我最近正在全神贯注地为陛下制作三联画轴。其实早在二十一年前就受到了陛下的嘱托，由于凡事缠身，此画便一拖再拖，到现在才开始动笔，实在是诚惶诚恐。所以我现在谢绝了一切事务，只是偶尔想学一学谣曲。

昭和十二年

往昔二十年

雪

我终于卸下了二十年来肩负的重任，可以舒一口气了。回想起来，十五岁那年我第一次在内国劝业博览会上展出了作品《四季美人图》，并荣获一等奖，这幅画还有幸被当时来日访问的英国王子阿瑟亲王买下了。在我至今为止漫长的画家生涯中，这次皇太后陛下收藏的三联画《雪月花图》，与《四季美人图》铸造起了两座遥相辉映的高峰。自己这么评说有些自吹自擂，不过，我这次真的在《雪月花图》上倾注了全部的精力，是一部努力之作。

说起画这部作品的渊源，还要承蒙二十年前在宫中侍奉的三室户伯爵的引荐。从此以后，我就由衷地盼望着尽早完成御令画作，所以在这二十年间未曾有一天敢懈怠，心里一直牵挂着这件重任。然而我一直被其他画债追讨，刚要着手创作这个作品，就被其他事情分散了注意力，不能全情投入其中。一日变一月，一月变一年，两年三年五年七年，岁月在不知不觉间飞逝，我也没能完成陛下要的画。把画稿拖到今日才开始动笔，不胜惶恐。

其间也曾一边用炭火取暖一边绘底稿，但都被俗事俗情妨碍，终究没能如愿以偿地持续画下去，实在深感悚惶。我画的那些底稿褪色受毁，画了又改、改了又画，直到把画稿拖到了今日。

月

我也不能总是这么一直拖下去。于是在今年春天，我断然发奋努力，决心这回一定要把画画完。割断了所有与画有关的事务，专心致志地画御令画《雪月花图》。

每天早晨五点起床后，我就立即冲洗身体，把画室的拉窗拉门全部敞开。清晨五点，夜色阑珊，天终于慢慢亮起来，空气中飘荡着清晨的爽气。近处能听见鸟儿婉转的鸣叫，而虫儿们还没有出洞。大约开放三十分钟后，我便把一扇一扇的窗子关紧。这样就不会从外面飞入小虫子或飘落尘埃，能保持画室内的清净。

每日从清晨到晚景，我不染室外俗尘，一心一意地执笔画画。不只是画室里没有一只蚊蝇飞舞，画具上不沾一粒尘土，我的精神上也是清洁无垢，毫无一丝挂牵遮蔽心田。日复一日，我最终得以完成了《雪月花图》。

让人备感庆幸的是，这三联呕心沥血的《雪月花图》，在我贫瘠的画家业绩中达到了一个顶峰。

花

进献《雪月花图》的机缘也十分巧合。我画完的时候，正好赶上皇太后陛下游玩京都，在御所驻辇有半月之久。前几天在三室户伯爵的引领下，我带着作品前往御所，毫无延误地将画作呈交了上去。

最开始，我还在考虑要不要把画装裱起来。三室户伯爵便对我说："从陛下的旨意来看，只是单纯要你的作品，姑且先这么呈上去吧。陛下也许会下旨给画装上自己喜欢的装裱，到时候再临机应变如何？"之后，我找到装裱师傅商量，暂且把画做成了泥金画的画轴，放进白木盒，并用白木台托着画盒，带到御所的书画院，拜见陛下身侧的诸位大臣。之后，这幅作品有幸得到皇室的鉴赏。

当初受领陛下旨意的时候，皇太后陛下还是皇后陛下，作为画者的我想到这里也是感慨万千，不胜惶恐。

总之，我终归完成了一项艰巨的任务，现在心中充满了喜悦。往后我要慢慢地修养心神，继续享受绘画给我带来的乐趣。

昭和十二年

为画笔而生的五十年

今年夏天，我的心情无比清爽舒畅。因为在六月，我终于完成了皇太后陛下御令的三联画。巧合的是，我刚画完就得知陛下出游京都，才有幸将这幅画进献宫中。

报纸上报道称"这是完成了陛下二十一年前的订购"。想来，那还是在大正五年的秋天举办第十届文展期间，我有幸被陛下委以重任，奉命执笔创作。到如今，二十一载已然匆匆而逝。

当时我四十二岁。参加第十届文展的作品是《月蚀之宵》。皇后陛下，也就是现在的皇太后，那时对绘画表现出了极大的兴趣，每年都会出席参加文展的活动。或许是《月蚀之宵》有幸被陛下所见，我在京都的家中突然收到一通电报，上面写着"务必御前挥毫"。我即刻动身上京，在文展会场的府美术馆内获此殊荣，奉命为陛下御前挥毫。我当时画的是镰仓时代的白拍子①。

①平安时代末期兴起的一种歌舞，亦指以其为业的艺伎。

233

之后我再次有幸获得御前挥毫的荣光。大正六年陛下巡幸京都之际，我在京都市公会堂挥动笔杆画下了享保时代的少女聆听梅梢头黄莺初啼的画面，并取名为《初啼》。紧接着在大正七年举办的文展会场上，我又画了藤原时代赏红叶的风俗画，供陛下阅览。所谓御前挥毫是指在陛下面前，于短时间内完成一幅作品，因此呈献给陛下观赏的画就是画者施以淡彩的即兴作品。

第一次为陛下御前挥毫的时候，时任皇后宫太夫的三室户伯爵向我传达了陛下的旨意，希望我再画出一幅二联画或三联画。我立即构思，在美浓纸上完成小构图的三联画《雪月花图》，通过伯爵呈交了上去。陛下赐语曰："这幅画画得很好，幅面这样就可以。"此后每年春回大地之时，我便决心：今年一定要专心画进贡画。可是刚一动笔，就从四面八方涌来催促，要我尽快画出早就约下的画。甚至还有人对我说："我父亲早就跟您要了一幅画，您一直没给他。这回孙子都要娶媳妇了，请您无论如何也给画一幅吧。"实在是难以拒绝这样的约稿，我只得先给他画。

我画的原本属于工笔画，所以画面再小的都要精雕细琢，不可能提起笔来一挥而就。先经过反复构思、打草稿才能正式动笔，这番工作就要花些时日。另外不论是为谁作画，我都会投入百分之百的努力，否则连自己心里那道坎儿都过不去。即便是紧急约稿，我也不会敷衍地画一画。如此这般，一旦中途接手了其他工作，我怎么也不能一心二用，同时顺利推进两份画稿。如果是随意画完一张画，就能迅速开展下一份工作了。但在我心里，把进贡画看作永恒的御用之物，是享有陛下保存美誉的御用之画，所以越想投入精力，就越难以如愿地画下去。到了秋天，我还必须为画展作画，再加之健康又出了问题，这画稿便一拖再拖。几度寒来暑往，终日惶恐不安，一直心痛不已。

近两三年来，身体益发康健，我心下决定：就在今年，一定要为陛下完成这幅画。为了弥补多年来脱稿的歉意，一定要尽心尽力画出一幅力作。三室户伯爵也告诉我，皇太后陛下时隔多年将在今年六月巡幸京都，就赶在那时进献吧。

从早春二月，我拒绝了一切邀约，排除琐事一心一意画进贡画的底稿。为了考证藤原时代的衣服，我还外出写生过一次。在四月份完成了自己满意的草稿，所以终于可以在宽二尺、长五尺六寸的绢布上起笔画《雪》这一联了。

我每天早晨五点起床，沐浴净身后，把二楼画室的窗户全部开放。画室内满满的都是早上清净的空气。之后再把门窗紧闭，一整日都在室内埋头工作。清晨，虫儿还在树影底下酣然而眠，尘埃也平息着，尚未飞扬，所以这种通风方式能确保画室一整天都清清爽爽的。

而且，我会用盖子盖住不用的颜料，不让一粒尘土混杂其中。其他事情做起来粗心大意，不过只要是关乎绘画的，我便动起真格，为它不辞辛劳。颜料受污染、调色盘周边不整洁，是画不出工整精丽的画儿来的。在不断的精进奋发下，我完成了雪这幅图。就在这时三室户先生上京来看到画，说："真是功力深厚的画。请您继续努力，一定要赶在六月陛下巡幸期间，来御所进献啊。"

终于在六月二十日，我画完了《雪月花图》，将藤原时代的府第风俗展现在了这三联画上。雪这联借鉴模仿了那幅《清少纳言》。

二十四日，我随三室户先生前往皇太后旅居的御所，向陛下呈报进献的谢辞。翌日六月二十五日是皇太后陛下诞辰的吉日，据说三室户先生前去拜谒的时候，正好赶上陛下在观赏《雪月花图》，有幸拜见到陛下心满意足的模样。

"今年我一定要完成这幅画。"实现这个愿望是我梦寐以求的事，从受领陛下委任之日起到现在，我竟然花费了二十一年的光阴，实在是诚惶诚恐。然而让人备感意外的是，这二十一年来的研究凝结出了这幅三联画，作为长久留存在宫中的宫廷画作，虽然心存愧疚，但是我是毫无保留地倾注了全部的心血。

成长经历

我为什么会终生执笔绘画呢？只是因为我从小就特别热爱绘画。这种爱好恐怕是从母亲那里继承来的。母亲也是一个有绘画天赋的人。母亲的祖父也爱画画。我的这位外曾祖父有一个兄弟，号柳枝，善作俳谐。我的父亲在我出生那年就早早过世了。

母亲继承亡夫遗留下来的家业，经营茶铺。外祖父是大坂町奉行大盐后素的侄儿，在京都高仓的特等绉绸衣料商的长野商店里，做了多年的掌柜。他为人诚实，干活勤勉，曾在店老板家快要断了香火的危难关头，帮着找到了有血缘关系的亲属。之后扶持此人，为店家再造兴隆鞠躬尽瘁。我家的茶叶铺，也就是我出生的地方，在京都最繁华的闹市区四条御幸町。母亲独自一人将我和姐姐两个孩子抚育成人。

一封看图猜字的信

据说在我还不太会说话的时候就酷爱绘画了，有一次还闹出了这样的笑话。大概在四岁的时候，好像是为了赶庙会之类的，我就独自去亲戚家玩了。

小时候看到摆着木版画或锦绘的商店，我都统统管它们叫"画铺"。从一家画铺前经过，我顿时被里面一幅画吸引住了，特别想要买下来。可是，年幼的我也知道让亲戚买东西是件羞耻的事儿，所以就一直憋着不敢说。正巧，我家店里的小伙计来了。我就当场在纸上画了一个圆，在圆圈正中央画上正方形，又在圆与四方形之间画了几笔波浪线。在纸上并排画完六个一模一样的图后，拜托店伙计帮忙从家里拿来画上画的东西。我小时候用的文久钱上就有波浪纹样，所以，我画的画就代表了用六个文久钱能买到的东西。虽然嘴上不会说，但是我用图画表达了出来。大人们猜出我的意思，都哈哈大笑起来。

坐在账房的角落里画画

我七岁上小学。学校的名字叫开智小学校。课闲时间，我也多在教室里往石板上画画。现在还记得朋友们拜托说："请你也在我的石板上画一幅画儿吧。"

放学回到家，我总是向母亲要一张半纸，坐到账房里画画。一丝不苟地临摹母亲给我买的江户绘的美丽木版画。因为茶铺地处繁华街区四条通，来买茶的顾客络绎不绝。

"那家的姑娘好像很喜欢绘画，总能看到她画画呢。"大家都这么议论。

来店里的顾客各色各样。其中有一个长得像尉面[1]似的白发老爷爷，他知道我喜欢画画，就常常拿来看色彩极其艳丽的樱花图给我看。这位老人叫樱户玉绪，是一位樱花研究家。此外，来京都学习文人画的绘画学生还给过我玉竹、兰花的画。

对于我喜欢画画这件事，还有一个亲戚责备说："女孩子就应该学学针线活或沏茶倒水，让她学绘画之类的成何体统。"坚强的母亲不顾旁人反对，很是支持我："我希望孩子做自己喜欢做的事。"有了母亲的帮助，我才能成为当时画院中为数不过两三名的女学生之一。

进入府立画院

那是在我十三四岁的时候。就在现在京都酒店的位置上开办了京都府立画院，于是我立刻去那儿学习。开初是习画花鸟。在唐纸上临摹样图，练习运笔。有时候去写生或摹写古画。从幼年时起，母亲就给我买来江户绘的美人图，大概是因为这个原因，我酷爱人物画。不过画院把人物画当作最难学的课业，放在最高年级教授。铃木松年先生知道我的心思，便对我说："你要是那么喜欢画人物，放了学就去我的画塾吧。我额外教你画人物画好吗？"我听了特别开心，之后就去了松年画塾。

---

[1]能面中表现老翁的面具的总称。

之后没过多久，松年先生就从学校辞职了。我也退学，到松年画塾继续习画。松园这个雅号，就是松年先生那时候给我取的。再后来，我师从幸野梅岭先生，梅岭先生去世后，我又拜竹内栖凤先生为师。

堆积如山的写生帖本

虽然江户绘、锦绘中都有人物画，东京那边也有上好的人物画帖，可却因京都盛产擅长画花鸟鱼虫的画家，我几乎没有机会看到美人图。所以我基本上靠自学，对着镜子中的自己写生，或给不同的人画人物速写。走路的时候，袖子里经常揣着笔筒和半纸。我特别期待祇园祭，这种期待的意味与别人有所不同。因为中京附近有很多大铺子，户户都珍藏着气派的屏风，在祇园祭期间他们会把屏风作为镇店之宝装饰到店里。继承祖传家业的老字号店铺展出的屏风真是美轮美奂。只要请求一句"拜见贵店屏风"，不论哪家店都欣然答应，让你进门观赏，这是祇园祭的老规矩。而且，进店观看的顾客越多，店主人脸上越有面子。我走街串巷，看到好看的屏风也说着"拜见贵店屏风"，进到店内。

"二楼还有屏风，烦请您移步去看看吧？"店主人进而欣然邀请我上楼观赏。很幸运地拜见了那幅画，我就想把它画下来，便说：

"抱歉，请允许我画一下吧。"有时候坐在某家店里观摩临习，浑然不觉半天时间已经过去了。

当时还不像现在这样经常举办展览会之类，所以看到精美画作的机会特别少。如果听人说哪儿有好的画儿，不远千里也要前去瞻仰一番。此外，在名人举办的拍卖会上，也可以看到绝佳的拍品，所以我也不会错过这等好时机。每次去博物馆，我都会带着便当在馆里待上一整天，而且肯定会在写生帖上画下展品的写生。寺庙也藏有绝佳作品，京都自不待言，我还经常远赴奈良认真摹写带有中国风的日本古画。

博物馆藏有纪贯之的假名书法，字形柔美。繁复的字在他的笔下化为巧妙的连笔字，这种方法方便在画作的一侧书写文字。因此，他的书法也自然成为我练习的对象。有一次在某个大名的拍卖会上看到纪贯之精妙书法的卷轴，一开始起意临摹一两行，没想到最后竟然全部写了下来。这还受了旁人的奚落嘲讽：你比纪贯之写得好之类。我一直保存着从年轻时起就断断续续画下的缩图本子，现在已经堆如小山了。即便是二十年前、三十年前费尽心思寻觅、辛辛苦苦动笔摹写的古画之类，到如今，我依然能清楚地回想起当时画那些画的场景。然而社会生活越来越便捷，出现了美术相关的照片和印刷品，这些东西让人当时印象深刻，可过后就会忘得一干二净。每当翻开缩图帖，遥想当年画画时的种种往事，我心中便涌起无限怀想。这是我一生中最珍贵的东西。

这是后来发生的事儿了。我家附近发生过火灾。一时间我家成了下风向，火苗汹涌而来，有人大喊"大事不好了，赶紧往外搬东西"。这个家是我一手建造起来的，如果逃不过这场大火也实属无奈。不过就在我想到要救出什么贵重东西的一瞬间，脑袋里浮现出的是那些缩图本。没错没错，就是那个！我拿着包袱急急忙忙冲上二楼，把缩图本全部打包好。而这时风又改变了方向，已经无须担心火势蔓延到我家了，我就上了三楼，爬到房顶上和男人们一起看消防员救火，竟然还有工夫仔细观察起这难得一见的光景。

十五岁第一次得奖

我第一次在展览会上获奖是在明治二十三年，时年十五岁。第三届内国劝业博览会在东京召开，我的参展作品《四季美人》在这届博览会上获得了一等奖。这幅画是宽二尺五寸、高五尺的大型画作，上面绘有四位代表四季的美人。当时正在日本访问的英国王子阿瑟亲王看到了这幅画，并幸运地被他买下。那时京都的《日出新闻》登载的新闻，最近又重刊在报纸上，我觉得很有意思就把那个报道剪了下来。十五岁少女画的画获得了一等奖，还有幸被英国皇太子买下了，消息一经传出就引起了大家的关注。现在没有一点关于这幅画的消息，大家也不能看到这幅画了。

于是，我的绘笔生涯就此拉开了序幕。那时也没想过自己一辈子就从事绘画行业了。不过，我的画业却有了如下进步。

明治二十四年 《和美人》东京美术协会（一等奖状）

明治二十四年 《美人观月》全国绘画共进会（一等奖状）

明治二十五年 《美人纳凉》京都春期绘画展览会（一等奖状）

明治二十五年 《四季美人》美国芝加哥博览会展品（农商务省订制画）（二等奖）

明治二十六年 《美人合奏》东京美术协会（三等铜牌）

明治二十七年 《美人卷帘》东京美术协会（二等奖状）

真正想要走上绘画这条道路是在我再长大一些，二十岁、二十一岁的时候。以后不论花开花谢、月升月落，我脑袋里只想着一件事，那就是绘画。

母亲独自经营茶铺，甚至夜深了还一针一线地缝纫，但她无时不刻地鼓励我继续走下去。

艰苦的学习

从那时起，我的内心就像男子一样坚强，不过令人悲哀的是，在别人看来我依然是个柔软的女子。所以，我在学习上遇到了各种各样的困难。我虽然身材矮小，却跟母亲一样与生俱来身体康健，所以不论怎样艰苦地学习我都能承受得住。不过即便想外出写生，我一个年轻女孩还是不能独自去脏乱差的地方。没办法，就只得加入十二三个男同学的写生之旅。早晨天还没亮就要早早起床，将便当系在腰间，打好绑腿出门。跟着男同学的脚步一天行进八九日里[①]。我们边走边写生。有一次，我们在吉野的山里，朝着塔之峰的方向走了三天，并画下沿途风光。回到家里，我的两条腿肿得像萝卜一样，要站起来，如果不喊"嗨哟"的号子，就连站都站不起来了。

托了那次的福，我现在腿脚也很有力。四五年前去信州的发哺温泉，碰上一条陡峭的山路，我也轻快地爬了上去。

我的制作年表

以下就是按照之后的年代顺序总结出的制作年表。这些净是为

---

① 日本长度单位，1 日里约为 3927 米。

展览会所画的展品，另外也接受别人的委托画过很多画。

明治二十八年　《清少纳言》第四届内国劝业博览会展品（二
　　　　　　　　等奖状）

　　　　　　　　《义贞见勾当内侍》青年绘画共进会展品（三
　　　　　　　　等铜牌）

明治二十九年　《暖风催眠》日本美术协会展品（一等奖状）

　　　　　　　　《妇人爱儿》日本美术协会展品（一等奖状）

明治三十年　　《赖政赐菖蒲前》日本绘画协会展品（二等奖状）

　　　　　　　　《美人观书》全国妇人制作品展展品（一等奖状）

　　　　　　　　《一家乐居》全国绘画共进会展品（三等铜牌）

　　　　　　　　《寿阳公主梅花妆》日本美术协会展品（三等
　　　　　　　　铜牌）

明治三十一年　《重衡朗咏》新古美术品展（三等铜牌）

　　　　　　　　《古代上臈》日本绘画协会展品（三等铜牌）

明治三十二年　《人生之花》新古美术品展展品（三等奖）

　　　　　　　　《美人图》全国绘画共进会展品（铜牌）

　　　　　　　　《孟母断机》

明治三十三年　《花样女子》日本绘画协会展品（二等银牌第三位）

　　　　　　　　《母子》巴黎世界博览会展品（铜牌）

　　　　　　　　《轻女惜别》新古美术展创立十周年回顾展展
　　　　　　　　品（二等银牌）

明治三十四年　《园里春浅》新古美术展展品（一等奖状）

　　　　　　　　《吹雪》第一届岐阜县绘画共进会展品（铜牌）

	《半开图》绘画研究大会展展品（铜牌）
明治三十五年	《时雨》日本美术院展展品（三等奖）
明治三十六年	《姊妹三人》第五届内国劝业博览会展品（二等奖）
	《春之妆》北陆绘画共进会展品（铜牌）
明治三十七年	《游女龟游》新古美术品展展品（四等奖）
	《春之妆》圣路易斯世界博览会展品（银奖）
明治三十八年	《繁花烂漫》新古美术品展展品（三等铜牌）
明治三十九年	《柳樱》新古美术品展展品（三等铜牌）
	《税所敦子孝养图》
明治四十年	《繁花烂漫》北陆绘画共进会展品（一等奖）
	《虫之音》日本美术协会展品（三等奖）
	《长夜》第一届文展展品（三等奖）
明治四十一年	《月影》第二届文展展品（三等奖）
	《赏樱花》北陆绘画共进会展品（一等金牌）
	《秋夜》新古美术品展展品（三等铜牌）
明治四十二年	《赏花》伦敦日英博览会展品
	《繁花烂漫》罗马世界博览会展品（金大奖）
	《虫之音》新古美术品展展品（三等铜牌）
明治四十三年	《操纵人偶的人》新古美术品展展品（二等银牌）
	《花》巽画会展展品（二等银牌）
	《上苑赏秋》第四届文展展品（三等奖）
大正二年	《化妆》《萤》第七届文展展品（三等奖）

大正三年	《少女深雪》大正博览会展品（二等第一位）
	《舞仕度》第八届文展展品（二等奖）
大正四年	《花筐》第九届文展展品（二等奖）
大正五年	《月蚀之宵》第十届文展展品（推荐）
大正七年	《焰》第十二届文展展品《天人》
大正十一年	《杨贵妃》第四届帝展展品
大正十五年	《少女》圣德太子奉赞展展品
	《待月》第七届帝展展品
昭和三年	《草纸洗》御大典纪念御用画
昭和四年	《伊势大辅》《新萤》意大利日本画展展品
昭和五年	《春秋（二曲屏风一对）》高松宫家御用画
昭和六年	《晾晒》德国柏林日本画展展品
昭和七年	《看见彩虹》
昭和八年	《春秋（二联）》高松宫家御用画
昭和九年	《青眉》京都市展展品
	《母子》第十五届帝展展品
昭和十年	《天保歌伎》春虹会展展品
	《鸳鸯髻》东京三越展展品
	《春之妆》大阪美术俱乐部纪念展展品
	《土用干》东京三越展展品
	《日暮》第一届五叶会展展品
	《春苑》东京高岛屋展展品
昭和十一年	《春宵》春虹会展展品

《时雨》五叶会展展品

《序之舞》文展展品

《秋之妆》京都裱褙展展品

昭和十二年　　《春雪》春虹会展展品

《日暮》学习院御用画

花样女子

看着制作表，一幅幅绘画让万千思绪浮上我的心间。

明治三十三年日本绘画协会的《花样女子》，我画的是新娘与新娘的母亲。那时，我本家有一个女儿要出嫁了。很多年前还没有美容院之类，所以要请盘发师傅来给新娘盘头发，要靠亲戚帮忙化妆。

"小津，你能请来帮忙吗？"

我的本名是津祢，周围人都是"小津、小津"地唤我。于是我欣然答应。先将新娘的颈子涂抹一层白粉，又在后脖颈上留出三道不涂满，这样，新娘脖子显得益发颀长。那个时候，我就近距离观察并画下了新娘的高岛田发型以及新娘母亲的发饰等素描图。这便是《花样女子》这幅画的由来。

花筐

花筐这幅画取材自谣曲的《花筐》，在大正四年参加了文展的展出。为了刻画狂女，我想仔细观察观察真正的精神病人，就去岩仓精神病医院观摩学习了两三次。在病号楼里，院长带着我边走边

246

介绍，我看到了病人各种各样的失常状态。那会儿是夏天，我系了一条轻薄的缡珍花缎的腰带，大概是感受到了腰带发出的光彩，一个病人跑过来，伸出手摸了又摸、看了又看，说道："你系的腰带真漂亮啊！"在一间病房里有一位优雅的女子，她原本是店铺的老板娘。听说她好像很喜欢跳舞，总是不停地手舞足蹈。所以，我就试着哼了哼谣曲，她果真跳起舞来。看到男男女女各种失常的举止，那一刻我仿佛以为来到了天堂。而有的病人面对我的问好或提出的问题，他都像正常人一样应答自如，不过只要盯着他的双眼，很快就能发现毛病来。

母子

在很久很久以前，我记不太清了，大概是在某次祇园祭上，中京的某家大店铺挂出了漂亮的竹帘，竹帘上画着五彩缤纷的花鸟鱼虫图画。这些画很漂亮，深深地铭刻在了我的记忆中。

有一年我想起用那个竹帘画一幅画，可是该配以怎样的人物呢？我让各种风情的人物站到记忆中的竹帘前面，百般构思后，我觉得一位母亲抱着孩子的场景最得我心意。这就是昭和九年，我在帝展上展出的作品《母子》。

序之舞

去年（昭和十一年）文展的展品《序之舞》，我起初是想描绘一位端丽的大家闺秀跳舞的姿态，于是付诸笔端有了这幅画。我想表达仕舞所具有的古典的、优美的端然之感，便让儿媳去拜访京都最有名的岛田发髻的盘发师，盘了文金高岛田髻，还让她穿上振袖婚服摆出跳仕舞的动作。我对着儿媳画下了各种舞姿的速写图。中途我转变了主意，想把画中的主角换成已婚的中年妇人，又忙不迭地让儿媳盘了丸髻，穿上朴素的和服。谣曲老师的女儿擅长跳仕舞，所以我也拜托她示范跳仕舞的分解动作，画了不少的素材。

最终我决定画一位千金小姐，舞姿就是《序之舞》中那段跳舞的瞬间。不过光是画那只持扇的手，我就下了很多功夫反复推敲。从家中小儿再到女佣，我都尝试着让他们用同样的动作手持折扇。从我画下的速写来看，虽然大家的动作相同却存在着微妙的差异。我从其中挑选手形最好看的速写图，加以修改，画出了最理想的手。《序之舞》这幅画都出自实际的写生，最终经过艺术化的表现形式呈现出了美轮美奂的美人图。

我一定能画出优秀的作品

我觉得画者为了画出优秀作品不必进行多种方面的研究，最重要的，也是最必不可缺的就是"信念"或一种"气魄"。在我作画的时候，不，应该说从构思推敲开始早就抱定了"我一定能画出优秀作品"的信念。

构思成熟后，我就立刻手持炭笔描画。有时会意外地运笔不顺快，出现各种失算。这个时候如果丢掉"我一定能画出优秀作品"的信念，就会功亏一篑，画不出想要的画来。克服内心的怯懦、增强自信心，耐心地研究怎样才能画好这幅画，找出错误到底出现在哪里。所以很多经历告诉我，比起顺顺利利地画完一幅画，历经坎坷失败打磨出来的反而能成为精品。只要在制作的时候一直紧紧抓牢这种气魄，就不会画完了后悔。我现在所拥有的坚毅气魄和克己心都是从母亲那里继承下来的，特别感谢母亲的鞭策和鼓励。

母亲

说到母亲，我想起这么一个小事。某年我准备参加文展，可是快到交稿日期了还迟迟没有动笔，因为我无论如何也决定不好画什么。时间一分一秒地度过，大脑一片混乱，整理不出头绪来。我记得这件事发生在明治四十二年，举办第三届文展的时候。内心一旦焦灼烦闷，构思就更加不清晰了。一直陪伴在我身边的母亲，很快明白了我的困惑，于是对我说："今年就不要参展了。"但是我往年一直参加画展，若是今年缺席，自己肯定会后悔的，所以我难以放弃这次机会。就在我光是焦躁不安，构思却一直没能成形的时候，母亲告诉我：

"文展不就像一家店铺嘛，里面摆满了大家画的画。你要试着从高远的天空眺望这家店。一旦放宽心态，从大格局思考事物，就会觉得哪怕少参加一次文展也没什么大不了的，明年继续画出好的作品去参展不就好了吗？哎，今年你就别参加了，别参加了。"

母亲这番话让我领悟到：我应该对自己的作品有足够的自信和骄傲。母亲常常像麻利地劈断竹子一般，让我的心思陡然发生转变。当时我正在构想的就是那幅《操纵人偶的人》，如果要等自己构思成熟再到落笔纸上，恐怕时间上太过仓促，所以我就遵照母亲的建议，没有参加当年的文展。而是在第二年履行新古美术品展很早以前就发出的邀约，展出了《操纵人偶的人》。这次画展是在意大利举办的。

母亲在前年（昭和十年）去世了，时年八十六岁高龄。然而，她在七十九岁患上脑出血病倒之前也没怎么看过医生，身体一直很健康硬朗。虽然在之后的七年里，因为得了半身不遂行动不便，但是直到死前头脑都特别清晰。大约每天她都要一页一页地翻看很多报纸。

我今年六十三岁了，作为一名画家还能如此精力充沛地磨炼画艺，都要感谢从母亲那里继承而来的健康体魄、克己勤勉。在母亲去世前不久，我早年教过的一个弟子给母亲拍了一张照片，还帮忙把照片放大印在了绢布上。现在这张遗像就挂在我家的佛堂里。不论是我还是我的儿子松篁，要出远门都会在母亲的遗像前低下头告诉她："我要出门了。"回到家中，也会自然而然地过来请安："我回来了。"

谣曲、鼓、长调

作为业余爱好，我已经学了大约二十年的金刚流派的谣曲。在这期间，我还学了仕舞、鼓和长调。而早年间，我则是练习弹唱地歌。虽然这三样都是业余爱好，但是我从来没把它们当作游戏随便玩一玩。最近，我越发感到这些爱好让我的艺术更加丰富充盈起来。每年春秋两季都有谣曲的排演大会，有时当上主角还要独自演唱。我的儿子松篁也在学习谣曲，所以演出结束后我问他：

"我唱得怎么样？"

"先不说您唱得好坏，反正无所畏惧的架势很是值得称赞。"听

250

了他的评价，我不禁莞尔一笑。教谣曲的老师也曾对我说："唱谣曲最重要的呢，就是要唱得开心嘛。"我自认为自己唱的歌多少还是有些抑扬顿挫的吧。因为我心态一向都很好，又竭尽全力演绎谣曲，所以能毫无顾虑地享受其中。

眼观六路、耳听八方

绘画，需要画者时常提高耳朵和眼睛的鉴赏能力。年轻的时候，我跟随市村水香先生学习汉学，也常去听长尾雨山先生的汉诗讲义之类。为了研究各个时代的衣裳，每逢举办染色节等活动，我都会前往观看各种陈列物品，比如打挂①、加贺友禅、帷子②等。我也会去看戏，但总要紧张地绷住肩膀，并不像看展品那样轻松自在。发现美丽的瞬间，我就用画笔捕捉下来，画成速写图以便记忆服饰风俗。有时也会去看电影。猛兽的镜头、海底捕鱼的场景都非常有趣，能让人增长生态知识。而且，我还把电影里秀丽的景色和人物当作参考素材记下来。现在流行服饰的展示会，我也不会错过。这种活动多在美术俱乐部、公会堂、八坂俱乐部等场所举办，多的时候一天能转三个场馆。

从头到尾看下来，就能了解今年最新的流行色以及具有古典韵味的流行色了。另外设计图、陶瓷、雕刻等的集会也能让人学到很多知识，不虚此行。

①日本近世武士家中妇女礼服的一种，套在和服外，拖着下摆。现用作新娘结婚礼服。
②麻单衣，夏季麻制便服。

绘画三昧的境地

执笔绘画已有五十载，而今的我没有一天不手握画笔。每日心无杂念，忙于研究绘画。拿起画笔的时刻最是让人开心、备感珍贵，那种安闲释然的心情恰如神明拥有的精神境界。我现在就沉浸在绘画三昧的境地当中。面对画坛的钩心斗角，我采取作壁上观的态度，不卷入争斗的旋涡。可是在进入这种境地之前，我也历经了人生的千难万苦，感觉自己就像一叶扁舟，在风雨大作中快要倾斜沉没到水底。有时是因为在艺术的道路上走向了死胡同，有时又是因为被俗世的烦恼缠身，我甚至多次都觉得既然活得如此辛苦，还不如一死了之更洒脱自在。每次跨越难关后，我都不禁感慨：人啊，真是能顽强存活的生物。现在想来，年轻时经受的百般苦楚都积攒沉淀、融会贯通了，并全部通过艺术性的净化，打造出如今的境界。

我的心，一整天都被绘画填得满满的。夜晚更是如此。在我的一天当中，最宝贵的时刻就是睡前的那四五十分钟了。从年轻时起，我就养成了晚上躺倒床上要看一会儿报纸或杂志再睡觉的习惯。看着看着，睡意悄然而至。我便扭转开关，关掉台灯。然后伸展身体，将手静静地交叉放在胸上，闭合双眼。不要以为我就此进入梦乡了，平静片刻后，闭合的眼帘上飘浮着五彩缤纷的美丽色彩，还有很久以前见到的带有缀线的漂亮的花阳伞，不知何时遇到的画卷也次第铺展在眼前，而且是那么清晰。接着，我在不知不觉间酣然入睡。第二天夜晚，我又看到了相同的东西。就这样一个星期过去了，在梦与现实之间我获得了创作的具体灵感。我多次通过这种方式开启了一个个创作的起点。

"今晚早点睡吧。"也有人这么劝我。但是平常的习惯早已根深蒂固，紧闭画室的门窗后，白天画的画忽然进入眼帘，我便不自觉地拿起画笔粗略画一下。然后翻看手边的参考书，再画一画。回过神来时，才发觉夜已经深了。

　　现在的我只有这种念头，就是想画出哪怕比以前好一点点的画，想给后人留下更优秀的作品。禅语中有一句"火中生莲花"。虽然不识其中深奥的道理，但是我有自己的一番理解。在熊熊燃烧的烈火中莲花猝然盛放的姿态是多么的壮烈，让人燃烧起一颗勇猛之心。近年来，我尤其拥有着这种勇猛之心。虽然我的年龄渐长，但是对于绘画的勇猛之心却日渐猛烈地燃烧起来。

　　　　　　　　　　　　　　　　　　　　昭和十二年

唯有绘画

我对其他的事物一窍不通，干家务之类也是束手无策。我的心里唯有绘画。

我不愿在热切做的事情上输给任何人。年轻的时候，老师要求学生去写生。可那时的交通不像现在这么便利，所以我们想去写生就要走二三里的远路。嘎嗒嘎嗒作响的破马车也不是哪里都能坐到的。充分准备好鞋袜后，就得和男同学一起外出了。同行的还有其他女孩子，她们都不像我这样柔弱，已经完全是个假小子了。"不要输给任何人哪，呵呵呵。"男同学走到哪儿，女同学就跟到哪儿。这张是桥本小姐的写生画。她的名字叫关雪。我们去了某处乡下的时候，关雪骑上了这匹驿马。我便画下了这幅半写实的画。画中人物矮胖的身材跟她本人有点像。嗯，这画已经有三十多年了。

昭和十二年

画《草纸洗》

一

我的梦幻之国、思慕之华就是能乐，它常常在现实的艺术登峰造极的境界中上演。我认为能乐才是一条通往人间艺术的微妙之路。

这次文展的作品是取自能乐中小町"草纸洗"的情节，但是我没有直接照抄照搬能乐师的表演动作。我是按照普通的人物来描写小町的，画面中的小町身着壶折①打挂，配大口裤，虽然衣着与能乐师的相似，但我没有给小町画上能面具，而是将人物的脸塑造成能面的模样，这表现了我想保留十足的能乐味道的想法。取材能乐，并当作普通人物来刻画，这一点包含了我的某种主张和嗜好。

二

在前不久举办的文展上，我还是展出了一幅与能乐相关的画

---

①把下摆收拢挽起来的一种和服穿法。

《序之舞》。我有太多跟能乐相关的作品，想必会有鉴赏者觉得匪夷所思吧。因为我喜欢能乐，所以像这种题材，希望自己尽量多画一些。

能乐这种艺术，竟是别有洞天。特别是在世事纷扰的现代，它是与众不同的梦幻的境地，同时也是现实的境地。俗世可谓骚音杂然、人情百端，但当我们跨入能乐的境地内，优雅的乐器鸣响能为我们拂去耳尘，美丽的色彩与典雅的姿态让人感受到舞蹈的大气磅礴与玄妙。调动耳目欣赏能乐，便会陷入现实中既看不到也听不到的远古历史的世界——全然令人着迷的境界中。在那里我们仿佛清晰地看到了灵魂，早已分不清自己身处梦境还是现实了。

能乐师身着沉秀高古的衣裳，盈盈舞姿拨弄出和缓的线条，这一方舞台宛若为远古的世界涂染上了色彩，显现于静寂的感觉之上。这种微妙的感觉非常精深，不能用语言表达出来。

三

面具是一种超越了喜怒哀乐的无表情之物。如果名匠亲手打造出了一张面具，再由知名能乐师佩戴表演，就能活灵活现地演绎出喜怒哀乐的情感。我曾经看过金刚岩老师表演的"草纸洗"，被那种绝妙的艺术所深深感动。所以，我这一次想把它画下来。

众所周知，小町"草纸洗"的故事讲的是，大伴黑主在某次宫中举行的和歌赛前夕揣测自己敌不过小町，就起了坏心要陷害她，说她创作的和歌是剽窃了《万叶集》，并拿出早已准备好的"证据"——一张事先写入小町这首和歌的书页。蒙受不实之罪的小町用清水冲洗纸张，洗掉了大伴黑主的新添加的字迹，最终戳穿了他的诡计。

这幅作品勉勉强强在截止日期十月十二日呈交了上去，险些错过那次文展，我手不离笔，日夜兼程总算有了回报。

那时松篁正在制作《羊之画》。夜深了，我往他的画室里偷偷看了一眼，只见电灯还亮着，心想他一定还在画画，我也不能输给他，也要拿起笔继续画。母子相互竞赛，为各自的创作而努力。

松篁对绘画着实勤勉，我不禁期盼起来，那么他会画出怎样的画呢——

昭和十二年

迷彩

前不久我从某方面得到了纸质优良的旧宣纸，来了兴致就试着画了几张画，还当作礼物送给了熟人。陈年宣纸给人一种脱离了干巴巴的尘埃之感，画起画来甚是流畅。纸如此，画绢也因材质的优劣对完稿后的作品品质产生很大的影响。每个人都有各自喜爱的绢布类型，所以不能一概而论。就我而言，画绢画就一定选用西阵的丝织品。东阵的绢布质量不错，而且颜色也很白皙，看起来像是高等绘画布料，但我总觉得运笔不流畅，着实不好在上面画画。西阵的绢布偏黄黑色，但纹理细腻，画出的效果让人满意。

然而往往是对方提供什么绢布，我就必须用什么绢布画画。每当这时，我都劝慰自己：人家给的绢布一定是出于自身的喜好嘛。如果能换成西阵的丝织品会画成什么样呢？我默默地思考着，最终还是得用对方提供的画布。遇到不合自己本性的绢布，画起来真是分外艰难。不过无论绢布的质量如何，作为一个创作者，我自然没有一丝敷衍了事的态度，专心画好每一笔，防止出现生硬呆板的地方。

二

　　前文所述不过是关于专心的问题，作为创作者而言最大困惑的就是，大家把本不属于他的作品当成了真迹四处巡展或袭藏起来。这种现象是不应该发生的，但事实早已超出了我们的想象。我对此不禁感到一丝丝悲凉。

　　赝品、伪物之类的事情我也常有耳闻，看来这类事还真不少，让人颇感意外。有人完全仿绘我的画以假乱真，不过最多的还是"修改画"。所谓修改画就是有人直接对原画动手脚，比如把画中人的衣服涂得浓一些或改成其他颜色，更有甚者干脆添上花纹。常有人拿着这种画找上门来让我题字，我自然能趁此机会抓个正着，可想而知被我发现的修改画就已经不少了，但在市面上流转或被人珍藏起来的又该有多少呢，这我就无从得知了。

　　那些找我题字的人，怕也是从其他地方得来的修改画，在全然不知情的情况下才拿给我看的吧。我觉得他们要是知道原画被篡改了，就不会来找我了。

　　就在前几天，一位先生拿着松篁的作品来拜托他题字。等这位先生走后，松篁从盒子里拿出这幅作品，打开一看，画确实是出自松篁本人之笔，但是在白色桔梗花下面却多了两只蟋蟀，他发现后勃然大怒，说道："我怎么能给这种东西题字？"可不是嘛，这种事最让人大动肝火了，自己的作品被人平白无故地修改一番，作者本人怎么可能给这样的作品题字呢？或许就因为填上蟋蟀，让画作达到了锦上添花的效果，但不管把画改得完美还是改坏了、会产生怎样的结果，都已经让作者本人的作品变得不纯粹了，所以我觉得不给修改画题字之类也是理所当然的。

说实话，那次别人的妄加修改绝没有让松篁的画完美起来。因为多画的那两只蟋蟀实在是太粗劣了，仅从这一点来看就不值一提。

三

前不久，就有这么一件事发生在东京的川合玉堂先生身上。有人把川合先生的水墨画当成了填色画，又是往上面画了很多松树，又是涂上颜色。究竟这种事，是何人出于何种目的而为之的呢？显而易见，玩弄这么恶劣的手段肯定不是为了搞恶作剧。我倒觉得是那些人想把川合先生的画卖出个稍好的价钱才这么干的。即便能一时蒙混世人的眼睛，却糊弄不了行家。不管怎么说，最终蒙受困扰的还是画者本人。哪怕画者有幸发现了这种东西，也不能从目前的所有者手中没收回去，可是放任不管，就得任人打着画者名号在市面上展览、收藏。该如何杜绝、处理类似的事情呢？真是让人困惑不已。难道就没有合适的解决方法吗？

四

一不留神，我又错过了今年的文展。最开始我是打算画历史故事，也按计划实施了，无奈画着画着就觉得时间恐怕不够用，结果还是中途搁笔了。也加上正值暑热季节、苦夏乏力等原因，健康状况不太理想，事与愿违，没能画完。

　　松篁画的是《甘蔗与兔子》。他的辛勤努力会换来怎样的作品呢？拭目以待。

昭和十四年

京之夏景

京都的街巷也叫作京都，就显得徒有其名了。因为与我小时候相比，京都街景发生了翻天覆地的变化，简直变成了其他国家。随着时代的进步，电车、小汽车各色交通工具车水马龙，白色的高楼大厦鳞次栉比，这些都是从前不可想象的。就连加茂川上的桥也大体改建成了近代桥梁的风格，只有三条的大桥还保留着以前的形状。对比拟宝珠的桥和水泥的四条大桥，任谁都会感叹时间飞逝的骇人力量。无疑在我眼中，像三条大桥那样古色古香的景致让我十分怀念，不过总有一种今非昔比的伤感。五六岁的时候，我盘的是后蜻蜓发髻，现在已经看不到梳着这种发型的女孩儿了。最近人们流行剪娃娃头、穿半裙，打扮得非常可爱，人人都很活泼又漂亮。每当看到这样的女子，我就有一种恍如隔世的感觉，不禁讶异：梳着后蜻蜓发髻是什么年代的事儿了？

但是感怀归感怀，往日的美好早已不再。现在，我眼前还像展开一幅画似的，能清清楚楚地想起几十年前京都的大街小巷。

那年我十七八岁，傍晚去四条大桥附近纳凉。从桥上往下望，能看到浅滩里摆着一长溜板凳，人们点起雪洞灯，灯火影影绰绰，映照在静静流淌的河水上。那真是美丽的夜色。众多纳凉的客人坐在板凳上，一边扇着扇子一边喝茶吃点心，还有喝小酒的人推杯换盏。桥的另一头有家叫藤屋的饭馆，饭馆的女招待们就踏着河滩上搭的板桥，来来回回为顾客端送饭菜。从桥上看风景的人可不止我一个。河风的凉爽、水中的板凳、雪洞灯、河面上随波摇曳的灯影、纳凉的客人、饭店的女招待……明明场面热闹非凡，却是一派清爽悠闲的夏夜景色。说起来，这是相当久远的往事了。现在到四条大桥，再也看不到人们在桥下这样享受夏季夜晚的短暂时光了。不过，因为四条河滩的消夏夜场是京都夏季的典型景物，所以我们还能在很多前人留下的画作中领略当时的盛况。

另外还有一个相似的话题，傍晚时分，美人坐在浅滩的板凳上，双脚浸泡在水中纳凉的身影真是一道美丽的风景线。在我看来，那一刻的女子即便不是长相俊美、身材修长的年轻妇人，也散发着美丽与清新。

夏季傍晚的阵雨让人心情舒畅。一场倾盆大雨过后，大街小巷的暑热被冲刷得干干净净。赶上下大雨，连御所的池塘都蓄满了水，池水漫出来，我家门外的小路就变成了一条小河，小町的孩子们围着那边的御所池塘，看到大鲤鱼跃出水面就发出惊呼，啊啊啊地叫个不停。回忆起那时的往事，我都不禁莞尔。

不管怎么说每逢旧历的盂兰盆节，街头巷尾都仿佛充满了节日的气氛，热闹非凡。我小的时候，女孩子们会往买来的红灯笼上贴自家的家徽，当天傍晚冲完澡后，不管家住东边还是西边，孩子们都提着各自的红灯笼聚到一起，比一比谁的灯笼更漂亮。之后，年纪稍长的女孩会组织大家站队，按照个头由低到高，两人一组站成两列。我们的灯笼队伍一边游行一边唱可爱的儿歌：

"美丽的垂樱，盂兰盆节到处忙忙碌碌，卖干点心的茶铺门口，您这边瞧，您请进……"

对幼小的女孩来说，这是非常开心的时刻。

前文说到了后蜻蜓发髻、烟袋发髻，另外还有女孩盘吹髻，所谓的吹髻就是阿波的十郎兵卫中的角色弓所盘的发式，参加游行的孩子们头上都插着芒草状的银簪，或装有水的清凉玻璃簪。那会儿是明治初期，马路上还没有汽车、公共汽车，所以，女孩们就排成长长的队伍，在路中央边走边放声唱歌。

男孩们也有自己的一套玩法，他们手里提着的是更大的灯笼，白底上绘有家徽。领头人说"让我们唱起嗨哟哟吧"，男孩们就聚在一起边走边唱：

"嗨哟哟，嗨哟哟，从江户到京都，了不起哟……"

那时还有白鬼游戏，孩子们欢蹦乱跳，自由自在地玩耍。这种游戏配有这样的歌谣"跳起来，舞起来，让我们举杯……"

从前的街道全部是孩子们的运动场，可现在，孩子已经不太出来玩耍了，就连与大马路相通的横街也车水马龙，自行车、汽车往来不断。所以就这一点而言，从前的孩子们过得更幸福。

我从前很喜欢夏天。朝气蓬勃、阳光明媚的夏景让人心情舒畅，不过耐不住现在气温太高，有些苦夏乏力。

十月左右是舒适的时节，那会儿丹桂正好开花，芳香馥郁，我头脑最清醒，感觉身体也轻盈起来。（谈话）

昭和十四年

闲谈往事

最近几年栖凤先生一直住在汤河原，所以我见到他的机会不太多。一想念先生，就总是回忆起陈年往事。

关于栖凤先生，我能回想起来的最早的记忆就是自己十六七岁、还在松年先生的画塾学画画的时候。每年一月十一日，如云社在圆山公园举办新年大会，我跟着社团成员一起参加。京都各画派上自师傅下至门生经常齐聚一堂举办各种集会，特别是在一年一度的新年大会上，不论画功高低，大家都兴致勃勃地拿出作品参展，场面十分热闹。当时，松年画塾的塾长是斋藤松洲。大会第二天，弟子们聚在画塾里热烈地讨论着展会上的画，塾长听了我们的讨论后，感叹了一句："年轻画者里面还是栖凤画得最棒啊。"一语道破"恐怕他将来会成为天才画家"的松洲塾长，有一双了不得的慧眼。

我依稀记得那届新年大会上，栖凤先生的参展作品貌似是《枯木与猴》。从那时起，先生就成为深受年轻人瞩目的画者了。

我在梅岭先生的画塾只学习了两年，当时画塾里的芳文、栖凤、香峤三个人年纪相仿又气味相投，争相恐后地学习、磨炼画技。有一段时间，我怎么也看不到他们仨的身影了，正纳闷是怎么回事，就听说他们被逐出了师门。事情的来龙去脉，我丝毫不知晓。那时我要参加东京美术协会举办的画展，想让梅岭老师帮忙指摘那幅刚画好的琴笛合奏图，就去老师家拜访。进门一看，那三个人也在场，我便让大家一同看了看。原来是除籍风波刚过，梅岭先生就被选为了帝室技艺员，赶上这么可喜可贺的事，大家决定近期为老师庆祝一番，这么一来画塾的前辈们就不得不聚在一起了。高谷简堂等人是梅岭先生的密友，他们从中调解了一番。我那天去的时候，正好赶上大伙一同为梅岭先生祝贺。

说起从前画塾的门风，弟子必须画出与师匠画风一模一样的画来。栖凤先生、芳文、香峤等人对狩野派、土佐、雪舟等画家，以及伴大纳言、北野缘起、鸟羽僧正之类的画卷等古画做了多方研究。这些画者笔下的习作中，年轻蓬勃的独创性若隐若现。我还记得梅岭先生说过这么一句话："最近，栖凤画出了奇怪的画啊……"当时的门生必须一板一眼地照着师匠的作品画画，所以，栖凤先生的态度在梅岭老师看来也有些离经叛道吧。

总之，梅岭先生是一位天性非常严格的人，而栖凤先生却是生性豪放……过了很久之后，栖凤先生回忆起往事时讲了这样一番话：

"有一阵子，梅岭画塾开始让弟子描画画卷，每天轮流几个人一起值班做活儿。有一天，我因为什么事儿要白天出去一趟。当时有个习惯，就是值班做活儿的人可以从老师那儿领茶水和包子当下午茶点。我那天因为外出，领到的茶点只有别人的一半。这大概是因为我白天少干了一半的活儿吧，可哪有这么一板一眼的，我不禁愤然地拿起馒头扔了出去，结果又被老师狠狠痛批了一顿。"

类似这样的事也多多少少让我们了解了梅岭先生的脾气秉性。

梅岭先生去世那年的春天，冈崎举办了第四届内国劝业博览会，我提交的作品是《清少纳言》，不过我还是想找人指摘一下这幅画的草图。正好一个熟人认识栖凤先生，通过介绍，我才请栖凤先生帮忙看了看。此后，我有幸一直在栖凤先生的画塾学画画。

那时，栖凤先生还没盖御池的新画室，一直用的是地下室那间。我们前去拜访，经常在那儿聊天。搬到御池后不久，他的画室里立着一幅装裱好的宽一尺八寸或五寸的水墨画《寒山拾得》，看似是古画，却不知何处散发出独创之味。我第一眼见了就心生佩服。因为在当时的氛围下，四条派只画本派传统的画作，所以我被这种画深深地震惊了。我难以压抑心中的激动之情，诚惶诚恐地恳求先生："您能让我照着画一画吗？""因为不能带去学校，所以画这幅画也得花些时间，"先生叮嘱道，"你要想照着画，原样摹写也没关系。"老师痛痛快快地答应了，我便快速临摹下来。有些遗憾的是，我把这幅临摹画借出去之后忘了要回来。

大约在梅岭先生逝世一周年或三周年的时候，御苑内举办了先生的遗作和众弟子以及孙弟子的作品展览。栖凤先生的展出作品是六曲一双的水墨屏风画《萧条》，他所绘的枯柳非常传神。

我记得先生之后的作品还有第四届博览会的参赛作品宽三尺左右的挂轴《松间织月》，再现笑看鸭立泽的西行①的《秋夕》，描绘鼬在芭蕉和连翘枝下奔跑的《废园春色》，以及牛卧树荫下的《绿荫放牧》，等等，我还把《绿荫放牧》中的牧童和牛的部分摹写下来了。《骷髅舞》也是非常精彩的作品，描写了骷髅手持绚丽夺目的舞扇跳舞的场景。我还记得先生说："这幅画落选了。"

画室的斜对面是一间茶室。先生正在画室里伏案查阅书籍，两三岁女儿的阿园从茶室里快步出来说道："爸爸，别动哦。"便用梳子给先生梳头发，先生笑着说："啊啊，痒痒痒痒。"那时的情景烙印在了我的眼中。

有一次先生正在画下雨的画。如果只用刷子蘸水涂在绢布上，难以让水充分渗入布里，所以他为了达到绢布均匀吸收水分效果，就用湿布往上面一遍遍擦拭。画完柳树之类，他再用湿布擦一遍。每次擦绢布都会发出啾啾的声响。听见画室不断发出奇怪动静，阿园从隔壁房间里用悦耳的嗓音说道："爸爸，你画出了啾啾声哪！"先生接着说："嗯，是画出了啾啾声哪！再让你听一遍哦。"先生便拿起湿布擦拭绢画。我还在一旁画下了阿园的写生画。偶尔翻到这张写作稿，我还会沉浸在往事中。

印象最深刻的事就是每周日先生去高岛屋了，他要到晚上才

---

① 鸭立泽是位于神奈川县大矶町西南部的溪流。日本僧侣歌人西行法师去陆奥途中曾在此吟咏和歌：不识风情种，亦语旅愁多。秋日黄昏里，笑看鸭立泽。

回来。从那时起，御池民宅的茶道口铺设成了石板小路，他一踏上那条路，脚下就发出哐啷哐啷的木屐声，学生们都能循声判断出是"啊，是先生回来了"。然而有时也会判断失误，把门生的走路声错当成是先生回家了。弟子连师父的走路坏毛病都学得有模有样，真是让我敬佩。之后我又惊讶地发现，西山（翠嶂）连抽烟的手势都是跟先生学的。我觉得师徒关系就应当如此。哪怕最开始模仿老师的画法也没关系。被老师的画作所倾倒，为拥有如此师长而骄傲，这才是真正的弟子应该抱有的心境。我觉得最近一直强调个性并不是一件绝对的好事，在弟子还不懂得个性为何物、画技尚未提高的时候，就让他们主动或被动地随心所欲搞创作也存在问题。弟子模仿完老师的技术，也能充分发挥出自己的个性。

栖凤先生去世后，到如今我依然觉得他在诸多方面都让我心生崇敬。

昭和十七年

270

图书在版编目（CIP）数据

青眉抄 /（日）上村松园著；贝青译. —北京：现代出版社，2018.11
ISBN 978-7-5143-7274-8

Ⅰ. ①青…　Ⅱ. ①上…　②贝…　Ⅲ. ①散文集—日本—现代
Ⅳ. ①I313.65
中国版本图书馆CIP数据核字（2018）第179157号

青眉抄

作　　者：〔日〕上村松园
译　　者：贝　青
责任编辑：曾雪梅　朱文婷
出版发行：现代出版社
通讯地址：北京市安定门外安华里504号
邮政编码：100011
电　　话：010-64267325　64245264（传真）
网　　址：www.1980xd.com
电子邮箱：xiandai@vip.sina.com
印　　刷：三河市南阳印刷有限公司

字　　数：203千字
开　　本：880mm×1230mm　1/32
印　　张：9.25
版　　次：2018年11月第1版
印　　次：2019年7月第2次印刷
书　　号：ISBN 978-7-5143-7274-8
定　　价：60.00元

母亲没告诉我画画需要注意什么，
但她始终勤奋努力的身影，
是她留给我最大的遗产。
　　　　　　　——上村松篁

青眉抄

〔日〕上村松园 ┃ 著　　只读文化工作室 ┃ 出品

うえむら　しょうえん

只读

时间有限，我们只读好书。
现代译文馆
放眼人类的文学财富

—和风译丛—

太宰治《人间失格》

太宰治《惜别》

织田作之助《夫妇善哉》

宫泽贤治《银河铁道之夜》

坂口安吾《都会中的孤岛》

上村松园《青眉抄》

太宰治《关于爱与美》

夏目漱石《我是猫》

樋口一叶《青梅竹马》

梶井基次郎《柠檬》

谷崎润一郎《黑白》

泉镜花《汤岛之恋》

尾崎红叶《金色夜叉》

幸田露伴《五重塔》

芥川龙之介《罗生门》

谷崎润一郎《细雪》

......

只读

时间有限，我们只读好书。
现代译文馆
放眼人类的文学财富

—蔷薇译丛—

〔英〕威廉·毛姆《月亮和六便士》

〔美〕亨利·梭罗《瓦尔登湖》

〔美〕菲茨杰拉德《了不起的盖茨比》

〔法〕阿尔贝·加缪《加缪中短篇小说集》

〔奥〕斯蒂芬·茨威格《人类群星闪耀时》

〔古希腊〕伊索《伊索寓言》

〔美〕威廉·福克纳《喧哗与骚动》

······